BÉSAME CON LOCURA

CONDADO DE BRIDGEWATER - LIBRO 6

VANESSA VALE

Derechos de Autor © 2017 por Vanessa Vale

ISBN: 978-1-7959-0081-2

Este trabajo es pura ficción. Los nombres, personajes, lugares e incidentes son producto de la imaginación de la autora y usados con fines ficticios. Cualquier semejanza con personas vivas o muertas, empresas y compañías, eventos o lugares es total coincidencia.

Todos los derechos reservados.

Ninguna parte de este libro deberá ser reproducido de ninguna forma o por ningún medio electrónico o mecánico, incluyendo sistemas de almacenamiento y retiro de información sin el consentimiento de la autora, a excepción del uso de citas breves en una revisión del libro.

Diseño de la Portada: Bridger Media

Imagen de la Portada: Period Images

¡RECIBE UN LIBRO GRATIS!

Únete a mi lista de correo electrónico para ser el primero en saber de las nuevas publicaciones, libros gratis, precios especiales y otros premios de la autora.

http://vanessavaleauthor.com/v/ed

1

 VERY

"Esto no era a lo que me refería cuando dije que compartiría tu habitación de hotel". Mi voz salió sin aliento y llena de risa. Puede que no haya sido lo que había planeado, pero de seguro que no me estaba quejando. Los vuelos cancelados eran un dolor, pero pasaría la noche felizmente en un hotel de aeropuerto si esa era mi recompensa.

Mi cabeza se tumbó mientras jadeé en búsqueda de aire. Los labios de Jackson se movieron a mi cuello, chupando y lamiendo mientras movía sus caderas hacia mí. No pude evitar notar la longitud dura de su pene mientras me empalaba entre su cuerpo delgado y la puerta de la habitación de hotel. Mis piernas se enrollaron alrededor de su cintura y una de sus manos grandes cubrió mi trasero. Apretó.

Dios, sí.

Jackson levantó su cabeza para sonreírme. Él todavía tenía el aspecto juvenil por el que me había derretido en la secundaria cuando era la estrella del equipo de béisbol Bridgewater High. Él apenas me había notado en ese entonces, pero ahora...

Demonios, ahora tenía toda su atención. También mis pezones. Y mi vagina.

"¿Me estás diciendo que preferirías dormir en la puerta, esperando por un vuelo de regreso en la mañana?", preguntó él, su voz un estruendo rústico contra mi cuello.

Negué con la cabeza mientras su mano libre cubrió mis senos a través de mi blusa. Mis ojos se cerraron e intenté responderle mientras él frotaba mi pezón con su pulgar. "Oh mierda. Quiero decir...um, gracias a dios por las coincidencias, tormentas de nieve y hoteles repletos".

El apretón fuerte de los dedos de Jackson presionando mi punta dura hizo que mis ojos se abrieran, un grito escapando de mis labios. ¿Mis bragas? Totalmente arruinadas.

Su respuesta y su—bastante preciosa—sonrisa hicieron que mi abdomen girara hacia atrás.

A la mierda, estaba haciéndolo con Jackson Wray. En una habitación de hotel del aeropuerto de Minneapolis. ¿Cómo sucedió esto? ¿Destino?

Él hizo círculos con sus caderas, frotando su pene duro contra mí y me mordí el labio para ahogar un gemido. "Buena chica".

Su boca estaba de vuelta sobre la mía, su lengua adentrándose, su barba incipiente suave y un poco cosquillosa. Sus manos se movieron al borde de mi cuello de tortuga grueso, encontraron la piel desnuda debajo y lo deslizó hacia arriba para cubrir mis senos. Puede que hubiera una tela delicada y lencería entre sus manos callosas y mis pezones duros, pero eso no detuvo mi gemido de respuesta.

"Sí", gemí. Él descubrió rápidamente lo sensibles que estaban. Si seguía haciendo eso, haría que me viniera. Yo estaba más de cerca de estarlo y todavía teníamos la ropa puesta.

"Pensé que yo era el hombre de los senos". La voz baja salió desde detrás de Jackson.

Retrocedí para mirar por encima de su hombro.

Dash McPherson. ¿Cómo se me había olvidado que él estaba ahí? Ah sí, los besos enloquecedores de Jackson y sus dedos azotando mis pezones.

Con una mirada acalorada y ese jodido hoyuelo que apareció cuando me sonrió, Dash se veía incluso mejor a como estaba a sus diecisiete años. Los dos lo estaban. El cabello castaño de Dash estaba un poco largo, haciendo sus características esculpidas ligeramente menos intimidante, pero solo ligeramente. Y esa sonrisa. Perversa y atrayéndome toda a la vez. Esa mirada estrecha, esa mirada oscura de deseo...todavía hacían mi cuerpo temblar, especialmente porque estaba dirigido directamente hacia mí.

Quizás Jackson pudo sentir mi reacción porque sus brazos se apretaron a mi alrededor y me levantó de la puerta, girándonos en círculo y colocándome sobre mis pies entre los dos. "Solo le estaba diciendo a Avery lo buena chica que es por dejarnos hacernos cargo de ella esta noche".

Dash se rio. "Como si íbamos a dejarte dormir en la puerta. No solo no es seguro, sino miserablemente incómodo".

Apreté mis labios. "Ni siquiera puedo contar el número de veces que he tenido que hacer eso. Con mi trabajo, prácticamente vivo en aeropuertos".

Dash cruzó sus brazos por encima de su pecho ancho, estirando la tela de su camisa térmica manga larga. Las manos de Jackson se instalaron sobre mis hombros y se inclinó desde detrás de mí, me besó justo por detrás de la oreja. Me estremecí y no por tener frío. "¿Y el número de veces que te has ido a compartir la habitación con dos hombres?"

Escuché un poco de enfado, pero no estaba dirigido a mí. Era su posesividad manifestándose. No lo había visto en años y de repente, era todo macho alfa. Bueno, no de repente. Escuché que los dos eran veterinarios y dirigían su propia clínica de animales en el pueblo.

Eran inteligentes *y* hermosos. Los recordaba de esa forma cuando estábamos en la secundaria. Pero ahora eran mayores. Dash lo llevó—la posesividad—a un completo nivel nuevo. Y ese nivel hizo que mi clítoris palpitara.

"Ustedes no son *solo* dos hombres", contesté. "Ha pasado mucho tiempo, pero yo los conozco. Fuimos juntos a la secundaria".

Dash solo continuó estudiándome, cejas oscuras levantadas.

"Ustedes son bastante posesivos", respondí, reafirmando lo obvio.

"Muñeca, no tienes idea", contestó él, dando un paso hacia mí y quitando el cabello de mi rostro. Este era salvaje y loco y nunca se quedaba fijo, incluso en una cola de caballo descuidada. "Hagamos algo esta noche o no, nos dejes desnudarte y volverte loca o no, no vas a dormir en el maldito aeropuerto. Ya terminamos con nuestra conferencia y te veremos en casa a salvo".

A pesar de que todos estábamos atrapados en Minnesota por la noche, todos nos dirigíamos a Bridgewater. Me encontré con ellos en la puerta, los tres en el mismo vuelo. El vuelo cancelado.

Puede que yo haya nacido en el pequeño pueblo de Montana, pero me fui para ir a la universidad e iba rara vez. No con mi loca familia. Pero la boda de mi hermana no era algo que podía evitar, así que aquí estaba yo. Casi de vuelta en Bridgewater. No en casa. Dash y Jackson consideraban Bridgewater como su hogar, pero yo no. Realmente yo no tenía un hogar. Yo vivía con una maleta y últimamente había sido guardada debajo de una cama pequeña en una *casa* en México. Como una periodista viajera, yo no echaba raíces, especialmente en Bridgewater.

El vuelo cancelado era un respiro. Un retraso regresando a mis padres violentos y cada razón obvia por la que seguía marchándome. A pesar de que fuera Diciembre y la Navidad estaba a dos semanas, mi familia no era como una pintura de Norman Rockwell. Sabía que mis padres no tendrían un árbol o cualquier tipo de decoración de navidad. A ellos no les importaba. No les importaba juntarse.

"No pasaré la noche en el aeropuerto. No rechazaré su hospitalidad. Además, Jackson justo tenía una mano arriba de mi camisa y creo que me dejó un chupetón en el cuello. No estoy segura de cómo es eso posible con un cuello de tortuga", solté, halando el collar alto. "Creo que las posibilidades son bastante buenas de que tengan suerte".

Una retozada salvaje con dos chicos en los que me había fijado en la secundaria. Y por como lucen, ya no eran unos chicos. No, a sus veintisiete, eran *todos* unos hombres. Altos, de hombros anchos. Musculosos. No, *esculpidos*.

Los deseaba, quería sentir el peso de ellos presionándome en la cama, de mí agarrándome de la cabecera mientras ellos me tomaban por detrás. Mientras chupaban mis pezones. Introducían dedos en mi vagina. Maldición, los lamían.

Yo no era virgen y no iba a pretender serlo. Había estado con hombres. Hombres que había conocido viajando por trabajo. Hombres que no significaban nada para mí más que un orgasmo rápido. Después de observar a mis padres pelear durante toda mi infancia, no tenía idea de cómo podía ser una relación verdadera. Si era como la de ellos, no tenía ningún interés. Por eso era que disfrutaba lo físico, pero eso era todo. Nada de ataduras. Nada de citas.

El matrimonio de mis padres era completamente anormal para Bridgewater. Casi todos los matrimonios eran sólidos, los esposos—sí, los dos—eran posesivos y bastante protectores con su esposa. Afectivos. Cariñosos. Mi padre no era así en lo absoluto. Demonios, él había tenido una larda cadenas de amantes y mi madre aseguró no estar sola. Por qué habían permanecido juntos por casi treinta años, no tenía idea, pero era como observar un accidente automovilístico, cosas lanzadas por todos lados, personas lastimadas y ninguna manera de mejorarlo. Estaba cansada de ser usada como una herramienta para fomentar sus argumentos. Por eso era que permanecía alejada. Estuve de visita por un fin de semana el verano pasado en mi camino de Alaska a Florida Keys entre tareas, pero pasé más tiempo con la Tía Louise que con nadie más.

Y ahora estaba regresando a Bridgewater. Estaba temiendo cada minuto de esto, especialmente el vestido de dama de honor verde esmeralda que usaría. Mi madre me había enviado una foto por correo mientras estaba en México. Quizás esta noche era un respiro, un respiro con dos hombres hermosos los cuales esperaba que estuvieran desnudos bastante pronto. Una noche que podía recordar cuando estaba acostada en mi cama de la infancia escuchando a mis padres pelear. No tenía ninguna duda de que Jackson y Dash estarían en el centro de mis pensamientos mientras lo hacía con mi vibrador por meses—no, años— para venirme.

Los vibradores no tenían amoríos, no te hablaban de vuelta. Y yo no era la única siendo usada.

"¿Suerte?", preguntó Jackson, sus manos sobre mis hombros, empujándome más cerca de la cama. Sus pulgares presionaron mi espalda suavemente. "Suerte fue encontrarte en la puerta, que estuviéramos en el mismo vuelo. Que pasaremos la noche contigo".

"Que estaremos viajando a Bridgewater contigo", añadió Dash. Se quitó su chaqueta de lana. Estaba helado afuera, bastante bajo cero y la nieve soplaba espesa y a un lado afuera de la ventana y aun así él no usaba nada más grueso.

"Con respecto a lo que te vamos a hacer a ti, no hay suerte involucrada". Regresó la sonrisa engreída de Jackson y maldita sea si no se veía bien con esa barba suya. Mientras su cabello era castaño claro como el de Dash, pero más claro. Sentí su suavidad mientras me besaba y me preguntaba cómo se sentiría...en otros lugares. Como entre mis muslos. Enredado en mis dedos mientras me hacía venirme. Y sabía que él sería capaz de hacerlo. Dash también.

Nunca me había acostado con un chico de Bridgewater, mucho menos con dos. Pero si lo iba a hacer, y estaba... Jackson y Dash definitivamente fueron los hombres de mis fantasías y sabía que esta noche iba a ser una montada salvaje. No teníamos ningún lugar a dónde ir hasta que la tormenta de nieve se detuviera y la pista de aterrizaje fuese levantada. No habían más habitaciones de hotel—por eso es que ellos se ofrecieron a compartir la suya conmigo— incluso si yo quería una.

"¿Qué están haciendo en Minneapolis? ¿Qué los trajo a mi puerta?", pregunté sonriendo. No habíamos hablado mucho desde que caminamos hacia la conexión del hotel y pudimos obtener una habitación.

"Conferencia de veterinaria", dijo Jackson.

"Eso es cierto", respondí, haciendo una charla pequeña

incluso mientras fantaseaba con la mirada que los follaba.

"Ustedes abrieron una clínica en el pueblo, ¿cierto?"

Recuerdo escuchar eso de mi hermana. Jackie nunca se había ido de Bridgewater. Demonios, ella ni siquiera había dejado su trabajo de camarera de la secundaria en el restaurante local de barbacoa. No teníamos nada en común estos días así que nuestra conversación consistía en ella actualizándome de los chismes del pueblo. Por primera vez, su comentario demostró ser útil.

Dash asintió. Ninguno de los dos me tocó, pero sus miradas estaban calientes y jodidamente atractivas.

"Suficiente charla", dijo él.

"Estoy de acuerdo. Como dijo Jackson, encontrarnos no fue suerte. Una noche juntos, atrapados en una habitación de hotel sin nada que hacer". Me encogí de hombros. "¿Por qué no divertirnos un poco mientras estamos varados? Como dije, nunca antes había estado con dos chicos pero definitivamente he pensado en ello. ¿Me muestran de lo que me he estado perdiendo?"

"¿Has pensado en ello?" Los labios de Dash se levantaron en las esquinas. "Creo que lo has entendido todo mal, Jackson", le dijo a su amigo, pero mantuvo su mirada fija en mí. "Parece que la pequeña Avery aquí creció para ser increíblemente traviesa".

Mis rodillas se pusieron débiles ante la forma en que él dijo la palabra *traviesa* así que Dash enrolló un brazo a mi alrededor, manteniéndome derecha. A la mierda, si que me sentía traviesa con estos dos. Mi cerebro se había ido a un lugar sucio perverso—entre ellos.

Dash me abrazó contra su pecho duro y sentí a Jackson moverse detrás de mí así que quedé rodeada por ellos como un sándwich, sus cuerpos duros como una roca atrapándome y manteniéndome de pie.

Jackson empujó mis rizos largos castaños a un lado mientras acariciaba mi cuello lo mejor que podía con mi camisa puesta. Ahí estaba ese cosquilleo con la barba otra vez. "Hemos querido hacer esto desde hace mucho tiempo, cariño. Tiempo atrás en la secundaria incluso cuando solo éramos unos adolescentes cachondos. Has sido la chica de nuestras fantasías incluso desde entonces, calientes por ti cada vez que te veíamos cuando venías a casa, pero nunca nos imaginamos que esto pasaría. Hasta ahora. Demonios, sí".

Gemí. Sí, su honestidad era jodidamente excitante, especialmente porque yo no creía que fuera tan difícil de capturar. ¿Pero ellos me habían deseado por...años? Sintiendo sus penes duros presionando contra mí, podía sentir sus deseos reprimidos de meterse dentro de mí.

Dios, sí.

2

Avery

"¿Quieres que los dos te follemos? Para poder ver de lo que te has estado perdiendo", dijo Jackson, enrollando sus dedos en el cuello alto de mi camisa, halándolo hacia abajo y besándome. Por supuesto, doblé mi cabeza a un lado para darle mejor acceso. Las cosas perversas que estaba haciendo su boca me dejaron jadeando por aire. O quizás era la idea de follar a estos dos hombres que me tenía sin aliento. No era que estaba impactada por la idea—todos habíamos crecido en Bridgewater, todos estábamos familiarizados con la idea de tríos. No es que yo fuera una mojigata ni nada, pero había dejado a Bridgewater atrás y rápidamente descubrí que el hotel no era tan común fuera de mi pueblo natal.

Asentí, incliné mi cabeza incluso más. Estaba frustrada por mi cuello de tortuga y la dificultad para que Jackson besara más de mi piel desnuda. "La oportunidad nunca se presentó", expliqué, intentando formar palabras a pesar del hecho de que sus manos estaban por todo mi cuerpo, cubriendo mis senos y apretando mi trasero. "Pero definitivamente estoy abierta a la idea".

Oh sí. Cuatro manos, dos bocas, dos penes. ¿Muchos orgasmos? ¿Qué más podría desear una chica?

El pie de Jackson abrazó el mío, haciéndome ampliar mi postura y sentí su mano deslizarse por todo mi trasero para cubrir mi vagina desde atrás a través de mis pantalones. "Definitivamente abierta", murmuró él. "¿Húmeda para nosotros?"

Hice un sonido para "sí" mientras Dash se acercaba y su lengua encontraba la mía.

Retrocedió lo suficiente para hacer eco a las palabras de Jackson más temprano. "Buena chica".

Intenté enojarme—definitivamente yo no era de esas mujeres que se volvían locas al ser llamadas chica cuando yo no era para nada eso, pero las palabras no se sintieron condescendientes viniendo de él. Me sentí extrañamente... querida. Calentada por sus elogios, y por la sensación de sus penes duros, sabiendo que los complacía. Dash me besó de nuevo, suavemente por un segundo o dos, después lo cambió rápidamente a ansioso. Necesitado, para combinar con sus manos.

Quería tocarlos como me estaban tocando a mí. Agarrando el borde de la camisa de Dash, la levanté, pero la mano de Jackson vino hacia la mía, deteniéndome. "No. Todavía no, cariño".

Me giré lentamente para fruncirle el ceño. "¿Por qué no? Quiero verlos a ustedes dos".

Dash contestó mientras él quitaba mis manos del camino. "Porque hemos soñado con follarte desde la secundaria, muñeca". Hábilmente levantó mi cuello de tortuga hacia arriba. Tuve que levantar mis brazos por encima de mi cabeza para que él pudiera quitarla por completo. "Vamos a hacerlo a nuestra manera".

"¿Su manera?"

Su tono mandón debió haberme hecho erizarme...¿así que por qué demonios se estaban poniendo húmedas mis bragas? No, más húmedas. Arruinadas.

Como si él pudiese leer mi mente, Dash me dio una sonrisa engreída. "Solo relájate y déjanos tener el control. Te prometo que te va a gustar".

Sí, no creía que estuviese mintiendo con respecto a eso.

Jackson se acercó, desabrochó el botón de mis pantalones, bajó el cierre antes de quitarme los pantalones por las caderas. En un movimiento rápido, me quedé de pie en nada más que mi sujetador y mis bragas.

"Mierda", murmuró Jackson detrás de mí. "Eres más sexy de lo que imaginaba". Cuando me volteé para mirarlo, me dio esa sonrisa juvenil otra vez, la misma que usaba para hacer que todas las chicas se desmayaran. "Y créeme, he pasado bastante tiempo imaginando cómo te verías debajo de ese uniforme tuyo".

Fruncí el ceño. "¿Uniforme?"

Después recordé y me sonrojé. Yo nunca me sonrojaba. Hace tiempo atrás, había sido una porrista. El pensar en Jackson fantaseando conmigo me afectó más de lo que debió haberlo hecho.

"Eso fue en la secundaria".

"Te dije que hemos estado interesados en ti desde hace mucho tiempo. Cuando llegues a casa, encuentra esa pequeña falda de porrista. Quizás puedas ponértela y yo pueda voltearla y follarte como lo imaginé".

Tuve que reírme de Jackson. "Eras un poco raro", dije.

"Creo que el término es pervertido". Sonrió. "Y sí, ¿contigo? Definitivamente".

"¿Les gusta el juego de roles entonces?"

Se acercó, me besó suavemente mientras sus manos fueron a mis caderas. "Me gusta todo contigo".

Oh.

Dash dio un paso atrás y Jackson se movió para ponerse de pie a su lado así que los dos me enfrentaron.

"Muéstranos tus senos hermosos", dijo Dash.

No, él ordenó mientras miraba fijamente mi sujetador rosa pálido. Le envié un pequeño agradecimiento al dios de los sujetadores porque no me había puesto uno plano esta mañana. La forma en que me estaba mirando, como si no pudiera esperar para poner sus manos—y boca—sobre ellos, solo confirmaba que él realmente era un hombre de senos.

Absorbí un respiro rápido. No quería excitarme por ese tono demandante, pero me hacía algo. Era como si su voz tuviera un enlace directo a mi clítoris.

Bajé un tirante y luego el otro, revelando en la forma en que sus ojos se oscurecieron al ver mis senos siendo expuestos un centímetro a la vez. Me acerqué hacia atrás, quité el broche, dejando caer el sujetador al suelo. Cuando ellos no se movieron, no hicieron nada sino mirar, di un paso hacia ellos.

"No tan rápido", dijo Jackson. Mierda, incluso el Jackson dulce y querido sonaba mandón. Vino hacia mí, sus dedos deslizándose sobre la piel expuesta, tan suave que tuve que morderme el labio para evitar gritar. Mis manos dolían por tocarlo a él también, pero sabía que iba a ser regañada otra vez si lo intentaba.

Saber eso hizo que mi vagina palpitara dolorosamente y apreté mis muslos.

Dash me volteó y miré el espejo que estaba por el escritorio, observé mientras sus manos hacían trazos sobre las líneas bronceadas de mi hombro y más abajo donde formaban triángulos pequeños y blancos en mis senos, después abajo para hacer círculos en mis pezones. Podía ver a Jackson detrás de nosotros, observando con esa mirada intensa suya.

"¿Dónde habrás usado semejante diminuto pequeño bikini, cariño?", preguntó Dash.

No tuvo que ver las dos piezas rosadas atrevidas en mi maleta para saber que era diminuto.

Mi boca estaba seca. Estaba tan concentrada en la vista de sus manos grandes y llenas de callos cubriendo mis senos que no pude responder. Esta sensación me hizo estremecerme y mis pezones se endurecieron incluso más.

Cuando no respondí, pellizcó las puntas ajustadas mientras Jackson dio un paso más cerca. "Él te hizo una pregunta".

Oh Dios, esa voz era deliciosa. "Um, en México", dije. "Estaba en Tulum en una tarea. De allí es de donde vine esta mañana".

Pude sentir la sonrisa de Dash contra mi cuello. "¿Estabas en una playa en México en Diciembre pero decidiste regresar a Montana para las fiestas? Debes amar la nieve".

Difícilmente. "La boda de mi hermana", dije entre jadeos. Jesús, ¿ellos decidieron que ahora era el momento de jugar a actualizarnos? Hablar sobre mi hermana, mi familia en general, era el apagón más grande del mundo. Solo esperaba que no hicieran ninguna pregunta sobre la boda. Lo último que quería era hablar sobre eso mientras estaba casi desnuda y Dash McPherson me estaba tocando.

Él frunció el ceño hacia mí en el espejo y sus manos se detuvieron. "¿Tulum? ¿No hubo un tiroteo ahí el otro día?"

Asentí y empujé mi pecho hacia afuera, esperando que él captara la señal y comenzara a jugar otra vez. Tampoco quería hablar sobre eso. Ni nunca, pero especialmente no ahora cuando estaba tan completamente enfocada en esas manos y la forma en que él me tocaba. El tiroteo no tuvo nada que ver con mi tarea y a pesar de que no había estado en la línea de fuego directamente...fue lo suficientemente cerca. Escuché los disparos y el consiguiente caos. Negué con la cabeza para hacer que se desapareciera el recuerdo.

La mirada de Dash estaba llena de preocupación y yo estaba aterrada de que él fuera a hacer más preguntas. Esta no se suponía que fuera una sesión de terapia, por el amor a dios. Esto era un rollo de una noche. Tenía que haber una regla que decía que no habían conversaciones pesadas.

Cuando Dash se puso de rodillas y dijo: "Separa tus piernas", parecía que la pequeña charla se había terminado. Esas eran las palabras que me gustaba escuchar.

Respondí rápidamente a la orden brusca. Demasiado rápido, abriéndome una vez más. Mierda, odiaba que me dieran órdenes. "¿Cuándo es mi turno de tomar decisiones?", pregunté.

Dash sonrió hacia mí pero en vez de responder, se inclinó hacia adelante y enterró su rostro entre mis muslos, su boca húmeda y caliente acercándose a mis bragas. Esa seda delgada era lo único que separaba su lengua de mi vagina y la fricción caliente era enloquecedora. Grité y Jackson se puso justo detrás de mí, manteniéndome derecha. Se acercó, jugó con mis pezones, pellizcando y frotando las puntas sensibles mientras arqueaba mi espalda para más.

Pude sentir una tensión familiar creciendo dentro de mí. Bueno, demonios. Un orgasmo nunca antes había llegado tan rápido. Típicamente necesitaba algunas atenciones de un vibrador pero mi cuerpo había ido de cero a sesenta ante la sensación de dos hombres tocándome. Solo mirarlos parecía ser un juego previo.

"Tan cerca", suspiré, mis manos agarraron la cabeza de Dash para mantenerlo justo...ahí...entre mis muslos. "No pares".

Pero tan pronto como dije las palabras, Dash se separó y me dio esa sonrisa perezosa. "No tan rápido, muñeca. Tenemos una larga noche por delante".

Lo miré boquiabierta, lista para suplicar por alivio, pero antes de que pudiera, me giró así que mis senos chocaron contra el pecho de Jackson. Jackson me besó mientras Dash azotó mi trasero.

"¿Qué—?

Me sacudí ante el escozor inesperado, pero después gemí dentro de la boca de Jackson mientras mi vagina se apretaba suplicando por más. Nunca antes había sido azotada y a pesar de que no había sido tan fuerte, fue... A la mierda. Caliente.

Las manos de Dash se acercaron, dedos curvándose dentro de la banda elástica de mis bragas y las bajó. Sus labios presionaron dentro de la carne acalorada donde había dado el azote.

Una vez que mis bragas arruinadas estaban abajo alrededor de mis tobillos, me dio una cachetada juguetona. "Ve a la cama".

Oh mierda, ¿cuándo se puso tan severa la voz de Dash? Me quedé mirándolo en un silencio pasmado por un minuto mientras Jackson se ponía a un lado, dándome espacio, dejándome decidir lo siguiente que iba a suceder.

"Sé una buena chica y acuéstate en la cama", dijo Dash, su voz un toque más suave. "Separa esas piernas para nosotros y déjanos ver esa vagina húmeda tuya".

Más suave, pero seguía siendo sucio. Quería esto. Los quería a ellos. Hice lo que él dijo y fui hacia la cama.

Me acosté.

Separé las piernas.

Les mostré mi vagina húmeda.

Y después ellos me mostraron la noche salvaje que había imaginado.

3

ASH

El calor en mi camioneta se disipó, pero aun así tuve que soplarme las manos para evitar que se congelaran. Miré por fuera de la ventana a la casa perfecta de los padres de Jackson, con su chimenea y cerca de madera. Luces blancas de navidad colgando de los aleros y parecían carámbanos. Una gran corona con un gran lazo rojo colgaba de la puerta de entrada. Holly se dejó caer por la barandilla del porche.

Ellos siempre se metían en el espíritu de la navidad. Normalmente, hubiese estado feliz de entrar ahí y dejar que la mamá de Jackson pusiera comida delante de mí mientras esperaba por él, pero teníamos un lugar en el que estar y no podía esperar. Su fiesta anual de navidad estaba a punto de empezar y no había duda de que yo iba a ser succionado en cualquier tipo de preparaciones que sabía que Jackson estaba tratando de hacer. Era difícil—no, imposible—

decirle que no a su mamá. Y por eso era que estaba aquí afuera. Yo era su excusa para marcharse.

Desde el momento en que despertamos ayer en la mañana en la habitación de hotel en Minneapolis para descubrir que Avery se había ido, había estado de malhumor. Debí haber pasado el tiempo con una sonrisa torcida de un chico bien follado, pero no. Eso había durado diez segundos cuando me volteé y encontré su lugar frío. No tenía ningún interés en abrazar a Jackson y sin ella entre nosotros, nos sentimos como idiotas.

También nos sentimos como idiotas porque ella se escabulló. Pasó al modo sigiloso con nosotros, a pesar de que habíamos estado con ella la mayor parte de la noche. Simplemente no podíamos tener suficiente. Y ella tampoco podía, al menos hasta el amanecer cuando finalmente nos quedamos dormidos. Y cuando ella no estuvo en la puerta cuando nuestro vuelo estaba listo para irse, tuvimos que asumir que se había ido a casa por un camino diferente, o estaba en una playa seductora en México trabajando con esas líneas de bronceado jodidamente ardientes.

Eso no significaba que íbamos a rastrear su trasero y azotarlo.

Después de que hiciéramos eso, tendríamos que ganárnosla otra vez. Mierda, sabíamos que íbamos a tener que ganarla en el momento en que le pusimos los ojos encima en la puerta del aeropuerto. Claramente ella era un poco susceptible con respecto a su independencia. Pero obviamente nosotros no nos dimos cuenta de lo difícil que sería de convencerla de pasar más tiempo con nosotros—dentro y fuera de la cama—hasta que despertamos y vimos que se había ido. Se había escabullido como un maldito ninja, sin darnos la oportunidad de decirle lo mucho que significó la noche salvaje para nosotros.

No éramos monjes, pero no nos acostábamos por ahí con cualquiera. Para nosotros ella no era un rollo de una noche.

Mi instinto me decía que mientras más tiempo consiguiera de nosotros, más iba a minimizar nuestra chica la conexión que compartimos. Probablemente ella lo atribuiría a la coincidencia de que todos estábamos en el mismo vuelo cancelado y que tuvimos una química increíble—de la cual había mucha—y lo dejaría así. Pero era más que eso. Mucho más.

Yo lo sabía. Jackson lo sabía, pero tendríamos que convencer a Avery de eso.

Pero entonces, veníamos de orígenes muy diferentes así que no podíamos esperar que ella lo viera de la misma manera. A pesar de que ella había crecido en Bridgewater, su familia no había tenido un matrimonio tradicional de Bridgewater. Ella solo había tenido un padre mientras que Jackson y yo habíamos tenido dos. Dos padres y una madre cada uno.

¿Pero los padres de Avery? A juzgar por los chismes del pueblo, ellos no tenían algo así como un matrimonio, tradicional o de cualquier manera. No teníamos ninguna manera de saber cómo se sentía Avery sobre estar comprometida en una relación en lo absoluto, mucho menos una con dos hombres.

Una canción mala sonó por la radio y cambié la emisora, presionando el botón con más esfuerzo del necesario.

Sí, relación comprometida. La queríamos y para más que una noche salvaje en Minneapolis. Queríamos todo con ella. Su trabajo la llevaba por todo el mundo—busqué en internet y descubrí un montón de artículos de viaje bien escritos—pero mientras ella viniera a casa con nosotros, podíamos hacer que funcionara. Al menos estábamos dispuestos a intentarlo.

Habíamos esperado volar de regreso a Montana con ella, llevarla a desayunar. Ir a citas mientras estaba en el pueblo. Por lo que había dicho, no estaba demasiado emocionada por estar en la boda de su hermana, pero quizás si tenía a dos chicos que bailaran con ella, ver que se divertía, puede que lo mejorara. Hacerla feliz.

Eso era todo lo que queríamos hacer, hacerla jodidamente feliz. Era un poco loco, sí, pero los hombres de Bridgewater sabían quién era su novia inmediatamente. A pesar de que conocíamos a Avery gran parte de nuestras vidas, antes éramos demasiado jóvenes. Fijarnos en ella en la secundaria estaba bien y todo, pero tuvimos que pasar por la universidad y otros cuatro años de escuela veterinaria. ¿Ahora? Con nuestra práctica estabilizada, teníamos todo lo que queríamos. Excepto ella.

¿Es solo una noche, cierto? ¿Por qué no divertirnos un poco mientras que estamos varados?, dijo ella.

Por la forma en que había follado y huido, solo estaba interesada en que la hiciéramos feliz temporalmente, al menos hasta que los orgasmos se desvanecieran. Éramos un amorío para ella. Mientras más tiempo pasara Avery lejos de nosotros, más iba a ser capaz de convencerse a sí misma de eso.

A la mierda con eso.

Yo había tenido amoríos. Jackson también. No va a suceder. Al menos, ese era el último amorío que íbamos a tener e iba a durar el resto de nuestras vidas. Ah, íbamos a sujetarla, lamer su vagina hasta que se viniera. Todas las noches. Follaríamos, la llenaríamos con nuestro semen, le probaríamos que es nuestra. Todas las noches. Follarla juntos, uno de nosotros en su trasero, el otro en su vagina. La doblaríamos sobre la mesa de la cocina y le daríamos azotes, dejándola con nuestras huellas rosadas en su trasero para recordarle lo mucho que la queríamos. Cada maldita noche. Demonios, mañana, mediodía y noche. Mis pelotas dolieron con el pensamiento. Mi sentido de urgencia al verla de nuevo, de decirle nuestras intenciones, solo aumentaba con cada minuto lejos de ella.

Golpeteando mis dedos congelados contra el volante, mentalmente insté a Jackson a darse prisa. Ya habíamos malgastado suficiente tiempo esperando por el siguiente vuelo para Bozeman y después manejando de vuelta a Bridgewater. Anoche había sido demasiado tarde para aparecer en la puerta de Avery, incluso si sabíamos dónde vivían sus padres.

Esta mañana pasamos por nuestra clínica para lidiar con una extracción de un diente en un perro y una cirugía de emergencia para un gato, pero tan pronto como terminamos nos fuimos con un objetivo en mente. Convencer a Avery de darnos una oportunidad. No iba a ser fácil, pero era nuestro destino. No había dos maneras de hacerlo.

Finalmente, Jackson apareció en la puerta de la casa de sus padres.

"Sobre el maldito tiempo", murmuré.

Jackson me dio un saludo rápido de reconocimiento antes de voltearse a decirle algo a quien sea que estuviese detrás de él, después cerró la puerta. Bajó por el camino de enfrente, sus piernas escondidas por la nieve profunda a cada lado.

Cuando se sentó en el lugar del pasajero, una explosión de frío lo siguió. Me dio una sonrisa y levantó una hoja de papel. "Lo siento. Mi madre me obligó a traer el barril de la nevera de la tienda. Y la única forma de obtener esto—" levantó una hoja de papel, "—fue explicar nuestro interés en Avery".

El trabajo de Jackson había sido endulzar a su mamá para que nos diera la dirección de los padres de Avery. Beverly Wray era amiga de casi todos en el pueblo. Si había alguien que sabía dónde vivían los Lanes, esa sería ella. Y parecía que habíamos tenido razón. El precio a pagar fue levantar algo pesado e interrogar más. Y paciencia.

Tomé el papel de su mano con guante, leí la dirección y conocía la calle.

"Te tomó demasiado", gruñí. Me detuve en la gasolinera y me dirigí al oeste, justo afuera de los límites del pueblo. La distancia no estaba lejos pero con las carreteras congeladas, parecía tomar la vida entera.

"¿Deberíamos pensar en un plan de juego?", preguntó Jackson.

Estaba claro que estaba nervioso. Demonios, yo también estaba nervioso, pero había desarrollado una mejor cara de juego durante los años. Puede que él haya sido el atleta estrella entre nosotros dos, pero yo había sido el que siempre estuvo en la mira después de que murieran mis padres hace ocho años. Durante demasiado tiempo fui sometido a miradas lastimosas y silbidos de preocupación.

La tragedia no golpeaba a Bridgewater muy a menudo, así que cuando mis jóvenes y amables padres perdieron su vida por un conductor borracho, fue una gran noticia. Perdí a mi madre y a mis dos padres en un día de invierno nevado justo como este. Pero al menos tuve una infancia feliz primero, fui llenado de más amor de lo que la mayoría de las personas podían imaginarse.

Con modelos a seguir como este, supongo que no había

duda de que siempre hubiese querido el mismo tipo de familia para mí algún día. La familia de Jackson era de la misma manera—excepto la tragedia, por supuesto. Como mejores amigos de toda la vida, siempre supimos que tomaríamos una esposa juntos. Ni siquiera creía que hubiésemos hablado sobre eso alguna vez, estaba sobreentendido.

"Supuse que tu mamá iba a hacernos traerla a la fiesta".

Me miró, sonrió. "Lo hizo".

Pero no significaba que lo íbamos a hacer. Si Avery no estaba dispuesta a esto, o peor, si no podíamos hacer que estuviese de acuerdo, entonces haríamos algo más. Cualquier cosa que quisiera. A pesar de que pasamos la noche con ella, no sabíamos mucho sobre ella o su familia y planeábamos cambiar eso.

Me moví incómodo en mi asiento. Odiaba chismear, incluso si era por el interés de ganar a nuestra chica. "¿Le preguntaste a tu madre sobre sus padres?"

Jackson asintió, jugueteando con el calor porque finalmente estaba cálido en la camioneta. "Lo hice y ella confirmó los rumores. Su matrimonio ha estado en las rocas desde el comienzo, aparentemente. Ha habido rumores de infidelidad, separaciones, consejería familiar, el trabajo. Por qué se casaron en primer lugar está por encima de mí".

Me concentré en mantenernos en la carretera mientras digería eso. ¿Avery estaba asustada de tener cualquier tipo de relación porque no tenía ningún ejemplo de lo que realmente podía ser, o éramos nosotros a quienes ella evitaba? ¿Significábamos tan poco para ella?

Fruncí el ceño ante el paisaje blanco y rígido. La vista nevada era hermosa, incluso mientras cubría las montañas peñascosas en la distancia.

Sabíamos que iba a ser una batalla cuesta arriba convencerla de darnos una oportunidad, pero esta noticia tampoco ayudaba a mi optimismo. "¿Estás seguro de que no es solo chisme?"

"Mi mamá es la mejor amiga de su tía, Louise—¿la recuerdas, no? Ella solía trabajar como enfermera en la oficina del doctor".

Asentí. La recordaba. Cuando estaba pequeño, ella me dio chupetas después de que recibí mis vacunas.

"¿Qué tenía ella para decir?"

Jackson se volteó para darme una sonrisa torcida. "Que están locos".

Levanté una ceja. "¿Locos? Esa fue su palabra, ¿eh? ¿Esa fue su opinión médica profesional?"

Jackson se rio y se encogió de hombros en esa forma fácil suya que siempre había puesto ansiosas a las mujeres. "Yo solo soy el mensajero. Mamá dijo que Louise le contó que su familia es tóxica. Los padres no son felices y ellos lo sacan a relucir en los hijos. No creo que hayan golpeado a Avery o a su hermana menor alguna vez. Nada como eso, pero suena como que crecieron en la mitad de un campo de batalla". Jackson se quedó mirando fuera de la ventana por un rato, su expresión inusualmente severa. "Difícil de creer que Avery resultó ser tan buena y...y..."

"¿Apasionada?", sugerí.

Mi mente deambuló a nuestra noche épica de hacer el amor—sí, sexo oral y follar y juegos del trasero eran considerados hacer el amor con la mujer indicada—y yo todavía me maravillaba en lo expresiva que había sido ella. Cuan ansiosa. Santo Dios, esa chica estaba destinada a estar en nuestra cama.

"Yo iba a decir *amable*", respondió Jackson, frotando su barba con su mano. "Si esa es la forma en que ella fue criada, es una maravilla que sea tan dulce". Pude escuchar la sonrisa en su voz mientras añadía: "Y sí, jodidamente apasionada también. Nuestra chica definitivamente es desinhibida".

Caliente. Salvaje. Sensible. Fácilmente excitable. Atrevida.

Los dos estábamos sonriendo como idiotas mientras alcanzábamos el cruce a la casa de sus padres. Ella era todo lo que queríamos en una mujer, y no habíamos necesitado años para saberlo. Nosotros solo...supimos. Puede haber sonado extraño para personas externas, pero para los hombres de Bridgewater, era solo nuestra manera. Fuimos criados para escuchar nuestros instintos y creer en nuestros presentimientos cuando se trataba del amor de nuestra vida.

Justo como con nuestro acuerdo tácito de compartir una mujer, Jackson y yo ni siquiera habíamos hablado sobre ir tras ella. Le dimos un vistazo a Avery en la puerta del aeropuerto de Minneapolis, nos acurrucamos con su bolsa de noche recostada contra la pared del aeropuerto, y lo supimos.

Ella era nuestra.

Bajé la velocidad enfrente de la casa donde vivía la familia de Avery. A diferencia de los otros en la cuadra, no había luces de navidad adornando los aleros y no había renos en el patio. Ellos o no celebraban la Navidad o tenían cero espíritu de fiestas. Asumía que lo último.

"Supongo que es esta", dijo Jackson. "¿Crees que haremos que esté de acuerdo en salir con nosotros?"

Ahora fue mi turno de encogerme de hombros, fingiendo una indiferencia que no sentía. "Este es el destino, ¿recuerdas? Solo necesitamos mostrarle lo bueno que puede ser".

"¿Destino?", preguntó él, con los ojos abiertos. "¿Cuándo has usado *alguna* vez esa palabra antes?"

Puse los ojos en blanco porque tenía razón. Soné como

un idiota. "Bien. A ella le gustó que estuviésemos a cargo la otra noche. Lo haremos otra vez. A la mierda el destino. Queremos a Avery y vamos a subir por esa acera a buscarla".

No estaba seguro a quién tranquilizaba con mi palabrería audaz. Si a él o a mí.

4

Avery

Solo un día de regreso y estaba lista para irme otra vez. Había dormido la mayoría del primer día, descansando después de veinticuatro horas de viaje...y de follar. Me había despertado con los gritos de mis padres—ni siquiera intentaron bajar sus voces—y ahora solo quería regresar arriba y arrastrarme en mi cama de la infancia.

Pero no estaba cansada y no había ninguna manera de que mi mamá me dejara dormir durante toda mi visita. Intencionalmente hacía estos viajes a casa cortos y más infrecuentes con el paso de los años y ella nunca me dejaba olvidarlo. Pero escuchar a mis padres pelear sobre la misma mierda de siempre me volvía loca. No que ellos lo supieran. Era *normal* para ellos.

"No entiendo por qué no puedes encontrar un trabajo de verdad y centrarte como tu hermana". Mi mamá estaba cortando vegetales con una venganza, como si pudiera deshacerse del odio reprimido hacia mi padre de casi treinta años si ella simplemente cortaba zanahorias con suficiente vigor.

Ignoré la pregunta como siempre lo hacía. Amaba mi trabajo. De seguro que tenía sus bajos, y la violencia durante este último viaje era un buen recordatorio de eso, pero en general, disfrutaba lo que hacía. Estaba empleada por una revista, pero era una contribuyente constante para otras tres. Tenía un sueldo fijo, beneficios. Veía el mundo, conocía a personas nuevas y fascinantes. Sabía por estas experiencias que mis padres eran miserables y disfrutaban hacer a las personas alrededor—o, sea a mí—miserables también.

Estaba orgullosa de lo que hice, de que encontré mi propia felicidad a pesar de lo que mi familia pensaba sobre eso.

De seguro, mi padre no pudo resistir la tentación de arrojar sus propios dos centavos mientras entró a la habitación. Yo tenía su cabello grueso y enrollado, aunque el suyo estaba rebajado y ahora estaba prácticamente gris. "Deja a la chica sola, Marla. Si ella quiere que la maten viajando a alguna ciudad olvidada por dios al otro lado del mundo, nada de lo que tú digas la va a detener".

Tomé una de las zanahorias que mi madre había terminado de cortar y me metí un trozo en la boca. Quizás si estaba masticando, podía luchar con la tentación de defenderme, y el crujido ruidoso podía desconectarlos.

Tuve que dárselo a mi papá. Él era todo un experto en lo de la familia disfuncional que se las había arreglado para tomar una postura opuesta contra mi madre mientras seguía haciéndome sentir como una mierda. Ellos eran expertos en la pasiva agresividad.

Un camino por recorrer, Papá.

Mi madre se volteó, su cuchillo se levantó peligrosamente mientras lo apuntaba en dirección a mi padre. "No te pongas mórbido con nosotros, Frank. Puede que su trabajo sea peligroso, pero estoy segura de que ella toma sus precauciones".

Abrí la boca para agradecerle por defenderme, pero me detuve cuando continuó.

"Pero por qué ella siente la necesidad de marcharse en primer lugar, nunca lo entenderé". Se volteó hacia mí, aparentemente recordando que estaba en la misma habitación con ellos. "¿Por qué no puedes encontrar un buen hombre como tu hermana?"

Ugh. Mi hermana. Amaba a Jackie, justo como amaba a mis padres. Con una cautela de larga distancia. Puede que tuviéramos nuestros asuntos, pero la familia era la familia y por eso era que estaba sentada aquí, dos semanas antes de Navidad, en el último lugar donde quería estar. Jackie solo se iba a casar una vez—o eso asumía—así que usaría el vestido color verde esmeralda que se veía como una película adolescente de los 80. Ser dama de honor era una cosa, pero prefería clavarme el cuchillo de mi mamá en el brazo antes de seguir los pasos de mi hermana.

Más joven que yo por dos años, Jackie había escogido un camino de vida completamente diferente. Mientras que yo corrí por la puerta principal el día después de la graduación y raramente miraba atrás, empeñada en ver el mundo fuera de Bridgewater, Jackie se había instalado incluso más profundo.

Por lo que sabía, la única vez que había dejado el estado fue para ir a la boda de nuestra prima en Seattle hace unos pocos años, e incluso entonces, todo lo que hizo fue quejarse y protestar acerca de todo lo que era diferente a lo que ella conocía. Lo cual era todo, realmente. Ella odiaba el tráfico, la comida sabía raro, las personas eran groseras. Lleva a la chica afuera de Bridgewater y se convertirá en una pesadilla quejumbrosa. Y ese era el estado de Washington. Dudaba que se fuera a Hawái o a México para su luna de miel.

El año pasado, Jackie cumplió su único objetivo en la vida—conoció a un chico de Montana y decidió establecerse. Collin parecía lo suficientemente bueno por las pocas veces que lo había visto, pero difícilmente era mi idea de un Príncipe Encantador.

Les deseaba todo lo mejor a Jackie y a Collin, pero me molestaba muchísimo el hecho de que sus vidas fueran constantemente sostenidas por mis padres como el único fin de la felicidad. Mi hermana no había intentado hacer nada más con su vida que servir mesas y casarse, pero de alguna manera ellos siempre parecían tan orgullosos de ella de lo que alguna vez lo habían estado de mí, a pesar de que me rompía el trasero y había hecho una buena carrera para mí misma en una industria competitiva.

Casi intenté explicarles por millonésima vez qué era exactamente lo que hacía, pero ¿cuál era el punto? Solía mostrarles los artículos que escribía en las revistas, las fotografías que había tomado para acompañarlos, pero siempre me sentía como una estudiante de primaria trayendo un proyecto apreciado de fideos a casa. Ellos solo me daban palmadas en la cabeza y me preguntaban cuándo me iba a mudar a casa.

Conmigo yéndome, tenían un peón menos en su batalla interminable para lastimarse el uno al otro. Había aprendido tiempo atrás que si mostraba cualquier molestia, era usado como munición. Un padre acusaba al otro de hacerme sentir mal. Sí, no más. Ya terminé con eso. Ya terminé con las relaciones. De ninguna manera me iba a sumergir en el jodido mundo del matrimonio si tenía que vivir un día como mis padres.

Suspiré, pero silenciosamente, con miedo de que incluso mi suspiro fuese usado como una base para más discusión.

Mi padre escogió ese momento para criticar la forma en que mi madre cortó las zanahorias. Aparentemente, ella sabía que a él le gustaban en julianas pero tuvo la audacia de cortarlas en trozos.

Apartando la mirada, puse los ojos en blanco. Me senté ahí y mastiqué mi zanahoria picada, intentando pretender que mirarlos acusándose el uno al otro ya no me afectaba. Era una mujer adulta, maldición. No importaba que mis padres fueran infelices, o que ellos debieron haber obtenido un divorcio hace décadas.

Intenté evitar que afectara mis emociones, pero era difícil. Sentada aquí, pude sentir toda la felicidad drenando de mí. Cualquier deseo de encontrar a un chico por mí misma desapareciéndose. Me había sentido culpable por dejar a Dash y a Jackson en la habitación de hotel, pero ya no. Había sido una noche divertida. Nada más.

Mientras mis padres continuaban, mentalmente me metí los dedos en los oídos. *La la la, no puedo escucharlos.* Ellos eran como Dementores en los libros de Harry Potter, succionando lo bueno de mí.

Cuando sonó el timbre, salté de mi silla. Lo tomé como mi señal de escaparme de ahí antes de que mis padres aumentaran su juego y comenzaran a lanzarse cubiertos en vez de palabras.

Después de abrir la puerta de entrada, me congelé. La aparición repentina de Jackson y Dash en mi puerta me dejó tambaleándome. El aire frío que me cayó encima no hizo nada para enfriar mis mejillas acaloradas—y otras partes de mí. Quería culpar la explosión ártica por la forma en que se endurecieron mis pezones, pero estaría mintiendo. En abrigos pesados de invierno, se veían incluso más grandes de lo que recordaba—y recordaba un montón de ellos. Desde la sensación sedosa de sus cabellos a la forma en que sus penes grandes se movieron profundo dentro de mí. Sus aromas limpios a hombre llenaron mi nariz y quería ponerme de puntillas y presionar mi nariz contra sus cuellos. Respirarlos.

No pude preocuparme sobre cómo me habían encontrado o por qué habían aparecido. Como escuché a mis padres discutiendo desde la cocina sobre los centros de mesa florales para la recepción de la boda de mi hermana, no me importó. ¡Estaban aquí, y eran mi escapatoria!

Apenas deteniéndome para tomar aire, agarré mi chaqueta de invierno desde el perchero de abrigos al lado de la puerta y me volteé para mirar a mis padres quienes finalmente habían visto al pasillo. Cuando vieron a los hombres en la puerta, dejaron de hablar.

"Uh, me tengo que ir".

Observé como las cejas de mi madre se juntaron en confusión y mi padre se estiró a su completa estatura, un ceño fruncido formándose. Estaba a punto de ser bombardeada con preguntas que no podía responder.

Sí, eran Jackson Wray y Dash McPherson. Sí, no sabía que iban a pasar por aquí. No, no sabía por qué. Bueno, sí sabía, pero no le iba a decir a mis padres que ellos me mantuvieron bien ocupada mientras estuve atrapada en Minneapolis.

Quienquiera que haya acuñado el término *la mejor defensa es ofensa* claramente había sido criado en una familia como la mía.

Ni siquiera los invité a entrar ni los presenté, ambas cosas hubiesen sido lo más cortés por hacer. Pero esta era mi familia y poco sabían Dash y Jackson que estaba siendo cortés manteniéndolos afuera en el frío y la nieve. Me metí en mis botas de nieve que reposaban en una alfombra de goma cerca de la puerta, sin amarrarme las trenzas y empujé más a los chicos hacia el porche congelado. Ellos dieron un paso atrás sin decir una palabra. Maldición, ni siquiera habían dicho hola todavía, pero realmente no les había dado la oportunidad. Me despedí por encima de mi hombro.

"¿A dónde vas?", preguntó mi madre. Todavía tenía el cuchillo en su mano y un pañuelo de cocina por encima de su hombro.

"Uau, olvidé decirles que tengo una cita. Ustedes no querrían que rechazara una cita con dos hombres de Bridgewater, ¿cierto?"

Me miraron boquiabiertos mientras cerré la puerta detrás de mí. "¡Buenas noches, los amo, nos vemos más tarde!", dije, aunque dudaba que me escucharan.

Me giré para ver a dos bellezas sorprendidas mirándome fijamente. Sorprendidos, pero excitados, a diferencia de mis padres.

"¿Feliz de vernos?", soltó Dash, frotando una mano con guante sobre su barba. Recordé cómo se sintió ese vello corto contra mi piel. Apreté mis muslos porque el roce de barba había desaparecido. *Ahí*.

No podía evitarlo. Mi sonrisa debe haber lucido exageradamente tonta mientras asentía. "No tienen idea".

Pero *estaba* feliz de verlos. Un poco extrañada, quizás, pero aliviada más allá de lo que se podía creer. Prácticamente pude sentir la tensión derritiéndose de mis hombros mientras tendía mis brazos hacia ellos y los agarré así que los tres nos estábamos dirigiendo hacia la acera—más importante, lejos de la casa—como Dorothy con el Espantapájaros y el Hombre de Lata. No es que estos chicos no fuesen humanos—eran tan masculinos como dos hombres podían serlo. Pero la idea todavía me hizo reír mientras nos acercábamos a su camioneta.

Con una mano en mi codo, Jackson me ayudó a subirme y me deslicé al medio quedando acurrucada firmemente entre ellos mientras clamaban a cada lado de mí y cerraron las puertas. La cabina estaba tibia y con ellos presionados contra mí, dudaba que me diera frío incluso si no estaba usando mi abrigo.

Dash encendió la camioneta, pero no arrancó. Voltearon hacia mí y no fue hasta justo ese momento que me di cuenta por completo de que estaba con estos dos hombres, sola…otra vez.

Miré desde uno al otro, sus miradas oscuras fijas en mí. Pude ver la barba incipiente en la mandíbula de Dash, la ligera cicatriz en la nariz de Jackson de cuando se había roto en algún punto. Una pizca de aroma a chico, como a jabón, mezclado con gaulteria.

Mierda. Esto no había sido parte del plan. Yo solo quería salir de la casa y ellos fueron como un regalo de dios. ¿Y ahora? ¿Ahora qué iba a hacer? Dije que tenía una cita y ahora tenía que tener una. Con dos chicos calientes que eran increíbles en la cama. Nuestra química estaba fuera de serie y era posible que feromonas estuvieran bombeando de sus cuerpos más fuerte que el calentador expulsando aire tibio.

Estaba en problemas aquí, al menos mi cerebro estaba diciendo eso. Entonces, demasiados problemas y no estaba segura de cómo salir de esto.

O de si quería hacerlo.

5

ASH

Vi el momento en que ella se tensó. En un minuto había estado despreocupada, riendo como si todos estuviésemos de vuelta en la secundaria y nos dirigiéramos a una fiesta en algún lugar. Después se quedó quieta y cautelosa, casi en el momento en que las puertas de mi camioneta se cerraron.

"Así que", dijo Jackson. "¿A dónde, cariño?"

Hice una mueca ante su tono tranquilo. De seguro que había estado bastante feliz de vernos, pero me daba la impresión de que su emoción no había sido necesariamente por vernos a nosotros tanto como lo era por ver a cualquiera que pudiera llevársela. Si un repartidor de pizza tocaba el timbre en vez de nosotros, probablemente ella se hubiese ido a ayudarlo con el resto de sus entregas. Se había escapado sin siquiera amarrar sus botas o abrocharse el abrigo. Ni siquiera un hola.

Efectivamente, volteó desde Jackson hacia mí y después

bajó la mirada hacia su regazo, vacilando por un rato. Su cabello estaba largo y suelto, salvaje y enrollado por encima de sus hombros. Recordé cómo se sintió, suave y sedoso y quería tocarlo otra vez. Dejar que mis dedos se enredaran atrapados. Sus ojos verdes sostenían una pizca de desconfianza que odiaba.

"Uh...¿qué están haciendo aquí chicos?"

"Estás en mi camioneta, Avery", respondí.

Suspiró. "Sí". Esa única palabra tenía toneladas de peso. Parecía tan pequeña entre nosotros. Si bien ella no era una mujer bajita, probablemente alrededor de cinco-siete, nuestra diferencia de tamaño era obvia.

Jackson y yo intercambiamos una mirada por encima de su cabeza y el significado era claro. Teníamos que pisar cuidadosamente. Nuestra chica estaba claramente en conflicto con nuestra repentina aparición en su puerta. Y a pesar de que *estaba* en mi camioneta, quería que ella *quisiera* estar con nosotros, no porque necesitaba escapar del algo malo. La protegeríamos de ser necesario—con nuestras vidas—pero esta no era una situación de vida o muerte. No, esto era solo la vida y parecía que regresar a Bridgewater no le daba una sensación de *hogar* a Avery, especialmente si estaba huyendo del suyo con cualquiera que llegara a la puerta.

Fui el primero en responder y mantuve mi voz pareja y calmada. "Te extrañamos ayer por la mañana. Estamos aquí porque queríamos asegurarnos de que llegaste bien a casa. Si bien es posible que no lo pienses después de lo que hicimos juntos, somos caballeros".

Las cosas que habíamos hecho estaban lejos de ser caballerosas y ella parecía perfectamente bien con eso. ¿Qué mujer quería follar apropiadamente? Definitivamente no Avery.

Levantó la mirada hacia mí y juraría que vi un destello de culpa mientras se metía un mechón largo de cabello marrón detrás de su oreja. Ella debería estar usando un sombrero y manoplas, pero salió corriendo demasiado rápido para agarrarlos. Demonios, si había estado en México por un tiempo, tuve que preguntarme si ella siquiera tenía uno.

"Oh, sí, llegué bien a casa. Tomé un vuelo a Missoula. Pero, uh, gracias por verificar".

Tomé un respiro tranquilizador, inhalé el aroma a coco. ¿Champú?

"¿Por qué te escapaste de nosotros así?", pregunté.

Su cabeza se ladeó hacia arriba y su expresión se llenó con alarma. No había querido sonar acusador o incluso territorial. Pero merecíamos saber. Si ella realmente no tenía ningún interés en más que una noche, entonces quería saberlo.

"Lo que él quiere decir es—" Jackson interrumpió, "—esperamos no haber hecho nada para asustarte. Que la pasaste también como nosotros. ¿Te ofendimos de alguna manera?"

La habíamos presionado. Bastante. Ella dijo que nunca antes había estado con dos chicos y le habíamos dado menuda experiencia. La lista de cosas que dos chicos podían hacer en vez de uno era larga y habíamos tachado bastante, incluyendo el juego anal. No estábamos preparados para tener sexo, no teníamos lubricante o incluso un tapón anal. Tuvimos que improvisar con dedos y a ella ciertamente no le importó. Le gustó. Al menos eso pensamos por la forma en que se vino.

Sorprendentemente, sus labios se levantaron hacia arriba en la pequeña sonrisa más sexy que haya visto. "Ustedes no me ofendieron".

Oh demonios. Su voz era baja, ronca y sexy como el pecado. Mi pene se puso duro ante el sonido y tuve que aclararme la garganta por miedo de que mi voz saliera como un gruñido. Sus emociones estaban por todo el lugar, pero si no la habíamos ofendido, entonces ahora podía ser contundente. "Te hicimos venirte. Duro. Tantas veces que perdí la cuenta".

Asintió. Y vi su rubor, posiblemente recordando cada una de las veces.

"¿Por qué te escapaste, muñeca?"

Volteó su lindo rostro hacia el mío. Sus ojos verdes sostenían calor y fuego. "Yo no me escapé".

No me molesté en discutir, solo me quedé en silencio. Ella había sido pillada y lo sabía.

Suspiró y se relajó en el asiento de la camioneta. "Está bien, quizás me escapé".

Jackson se acercó y puso una mano suavemente sobre su rodilla. Ella se estremeció, pero no se quitó.

"No estaba intentando ser grosera", añadió. De nuevo, volteó su rostro para mirarme, esta vez con una mirada suplicante que era imposible de resistirse. "Pero fue un amorío de una noche, ¿saben? Yo nunca he sido buena la mañana después y todo lo que eso conlleva. Quiero decir, una noche significa *noche*, no mañana".

Miré a Jackson. Él era mejor que yo en la aproximación suave y no confiaba en mí mismo para responder. Agarré el volante demasiado fuerte como estaba. Todo en mí quería enrollar mis brazos a su alrededor, abrazarla fuerte y no dejarla ir nunca. Dejarle saber que queríamos noches y mañanas, todas las que pudiésemos tener. Pero sabía—los dos sabíamos—que si nos sosteníamos demasiado fuerte ahorita, había una buena posibilidad de que ella saliera disparada. No podíamos esperar que saltara a un compromiso serio con nosotros basado en una noche de sexo, sin importar lo genial que haya sido ese sexo. O incluso la razón por la que se metió en mi camioneta, y no era entusiasmo de su parte. No, se estaba escabullendo de su casa. Estaba contento de que sintiera que estábamos a salvo para ella, pero habíamos estado en el lugar correcto en el momento correcto.

Jackson apretó su rodilla. Su voz sonó amable cuando dijo: "¿Quién dijo que tenía que ser solo una noche?"

Ladeó su cabeza para mirarlo a él, después me lanzó una mirada cautelosa. "Yo, uh...espero no haberles dado la impresión equivocada. No estoy buscando nada serio. Con mi trabajo, realmente no puedo tener relaciones y—"

"Está bien", interrumpí. No lo estaba, pero no se lo iba a decir. Lo último que queríamos era que ella se convenciera más a ella misma de que una relación comprometida no era una opción. No, solo necesitábamos que nos diera una oportunidad. Tenerla sentada entre nosotros era un comienzo.

Jackson le dio esa sonrisa relajada. "No estamos intentando presionarte, cariño. Solo estamos diciendo que puede que los tres disfrutemos nuestro tiempo juntos mientras estás en el pueblo, ¿no crees?"

Se movió en el asiento, claramente incómoda. O quizás solo excitada por el pensamiento de lo que *tiempo juntos* implicaría con nosotros dos. Oh demonios, mi pene presionó contra mis pantalones dolorosamente al pensar en ella poniéndose húmeda por nosotros. Recordaba el calor pegajoso de ella en mis dedos, su sabor en mi lengua. La sensación de esto cubriendo mi pene. Maldición, la quería entre nosotros otra vez, y pronto.

Su sonrisa fue tímida y sexy como el pecado cuando levantó la mirada hacia mí debajo de sus pestañas. Toda su cautela de más temprano se había ido. "Pasar tiempo con ustedes suena *bien*".

Significado: *follarlos a ustedes dos mientras estoy aquí para la boda de mi hermana suena espectacular.*

Dejé salir una pequeña risa por la forma perversa en que ella pronunció la palabra bien. Colocando mi mano en su otra pierna para quedar tocándola los dos, dejé que mis dedos trazaran un camino por sus muslos. "No hay nada bien con respecto a eso, muñeca. Y creo que te gusta así".

Ella se rio también y Jackson me lanzó una sonrisa triunfante mientras ella se revolvía entre nosotros. Puede que no hayamos ganado la batalla por su corazón, pero esta batalla en particular fue un éxito. Nunca dijo cuándo se iba del pueblo, pero no iba a ser demasiado después de la boda de su hermana basado en lo que vimos de sus padres hace un minuto y la forma en que ella reaccionó. A pesar de que tendríamos más tiempo de mostrarle lo genial que podíamos ser los tres, no era demasiado.

Levantó su cabeza hacia su casa.

"Los invitaría a entrar, pero...realmente no quiero hacerlo. No estoy siendo una perra, pero mis padres..." Dejó la oración colgando y se encogió de hombros. La tristeza en su expresión hizo que mi corazón se retorciera dolorosamente en mi pecho.

"No te preocupes", dijo Jackson, su tono casual y descuidado, poniéndola ansiosa a ella. "No tenemos que conocerlos ahorita, especialmente porque tu madre tenía un cuchillo".

Se rio de eso, se pasó una mano por la cara como si intentara quitar la frustración que sentía hacia su familia. Habíamos escuchado la pelea que estaban teniendo—sus voces habían salido hacia la puerta de entrada fuerte y claro. La forma en que se pararon todos defensivos y furiosos había sido hostil en vez de amistoso, especialmente con la Sra. Lane sosteniendo un cuchillo. Pude oler que estaban cocinando y sabía que estaba ocupada en la cocina, pero aun así. ¿Quién iba a abrir la puerta así? Esa no era una casa feliz. La mamá de Jackson tenía razón.

"Deberías venir con nosotros", sugirió él. Cuando ella frunció el ceño, él añadió: "A la fiesta de navidad de mis padres".

La mitad del pueblo iba a la fiesta de los Wray. Al menos se sentía así para mí. A pesar de que *queríamos* llevarla a nuestra casa en el centro del pueblo y conocerla otra vez, mientras estaba desnuda, esto podía ser mejor, especialmente ahora que habíamos visto a sus padres en acción. Llevarla a ella a la mamá de Jackson y sus padres solo podía trabajar a nuestro favor. Si había alguna familia de Bridgewater que podía persuadirla de darnos una oportunidad, de ver cómo podía ser una relación de verdad, esa era la de Jackson.

Los ojos de Avery se ensancharon en sorpresa. "¿Una fiesta? ¿Con tus padres? Oh, no lo sé..."

"¿Por qué no?", pregunté. Miré afuera de la ventana a su casa con una mirada significativa. Sin una decoración de navidad como los vecinos, el lugar se veía deprimente. "Es venir con nosotros o regresar ahí".

Ella gruñó, su cabeza cayendo atrás contra el asiento. Su abrigo se abrió, dándome una vista lujuriosa de su cuello largo y amplio escote. Escote que recordaba lamer y mordisquear. Mierda, ella era incluso más hermosa de lo que recordaba.

Volteando su rostro para mirarme, me quedé mudo al ver esos ojos verdes grandes mirándome, esos labios rosados haciendo pucheros naturalmente como si hubiesen sido creados para ser besados. Mierda, no podía esperar a tenerla en nuestra cama otra vez. A la mierda la fiesta.

Su voz fue triste. "Los escucharon peleando, ¿cierto?"

Me encogí de hombros, no había un punto en intentar negarlo.

Gruñó otra vez. "Lamento que escucharan eso. Amo a mis padres, pero...ellos son algo así como lo peor".

Jackson se rio del humor autocrítico que suavizó sus palabras. "Estoy seguro de que no son tan malos".

Mantuve mi boca cerrada. Puede que Jackson estuviese dispuesto a darles el beneficio de la duda, pero yo estaba listo para estrangular a la próxima persona que lastimara a Avery, fuese un miembro de su familia o no. Y podía decir solo con mirarla que sus padres la lastimaban. No físicamente, pero estaba herida en lo profundo. Asustada incluso.

Fuese en respuesta al comentario de Jackson o la mirada que vio en mis ojos, que se apresuró en explicar. "Ellos no son tan malos, no realmente. Me aman y aman a mi hermana, siempre hemos sabido eso. Es solo que parece que cada vez se odian más".

Vi el gesto de Jackson pero ella estaba mirando fijamente sus manos una vez más, claramente perdida en sus pensamientos. Sabía que era tan duro para Jackson imaginar ese tipo de educación como lo era para mí. Los dos habíamos sido bendecidos con padres increíbles y era hora de que Avery experimentara el mismo tipo de amor incondicional. Si no podía encontrar eso con su familia, entonces lo encontraría con nosotros y con el clan Wray. No quedaba mucho de una familia de mi lado, pero del de Jackson... bueno, ellos recibirían a nuestra chica con los brazos abiertos. Han estado esperando que encontremos a La Indicada por años.

"Ven a la fiesta con nosotros", dije. "Te divertirás, lo prometo".

Se miró a sí misma. "No puedo ir a una fiesta, no luciendo así".

"Te ves hermosa", dije automáticamente. Ni siquiera había notado lo que tenía puesto, con toda honestidad, solo que se veía ardiente en sus pantalones negros ajustados y camisa de cuello en V que pude ver debajo de su chaqueta.

Soltó un pequeño bufido de diversión. "Claro".

"Él no está mintiendo", dijo Jackson. "Te ves increíble".

"Traigo puestos pantalones de yoga". Su mirada dijo que pensaba que estábamos locos. "No tengo nada de maquillaje y mi cabello sobresale en todas direcciones".

"A mis padres no les va a importar lo que traigas puesto", dijo Jackson. Lo que no dijimos era que no nos importaba mirar sus piernas largas y su trasero perfecto en esos pantalones ajustados. "Es una reunión casual, nada lujoso. Y a ellos les encantaría conocerte".

Suspiró. Casi la teníamos. Inclinándome, bajé la voz y le hablé en el oído suavemente. "Si eres una buena chica y vas a la fiesta con nosotros, te prometo que obtendrás un premio más tarde".

Sentí su estremecimiento de anticipación mientras se rio suavemente de las palabras juguetonas.

"Promesas, promesas", murmuró ella. Después volviéndose hacia Jackson, se rindió con un suspiro. "Está bien, Romeo, llévame a casa a conocer a tu familia. Y definitivamente quiero ese premio".

Puse la camioneta en movimiento mientras gruñía. Una fiesta de navidad con una erección. No iba a ser fácil.

6

 VERY

Me sentía ridícula. No, eso no era cierto. *Me sentía* gorda y feliz después de comerme mi peso en brownies, pero definitivamente *lucía* ridícula.

Jackson no había estado mintiendo cuando dijo que la fiesta no era lujosa—pero definitivamente tampoco era la reunión casual que él dijo que sería. De pie a un lado observando como un pequeño grupo cantaba villancicos alrededor del piano en la sala de los Wray, no podía creer que dejé que Jackson y Dash me convencieran de esto.

La familia de Jackson me había recibido con los brazos abiertos. Literalmente. Nunca me habían abrazado tanto en mi vida. Y nadie parecía notar que estaba usando pantalones de yoga y una camisa sencilla. O si lo hacían, fueron demasiado corteses para comentarlo. No es que Montana fuese lujoso. Vestirse significaba llevar un par de pantalones limpios, pero aun así. Yo sí que tenía algunos estándares. Como el cabello peinado y quizás un poco de rímel.

La mamá de Jackson llevó el árbol de la decoración al otro lado de la sala y miré desde mi cómodo lugar junto a la mesa del comedor, la cual estaba llena de comida. Comida que había probado demasiado.

"No nos podemos esconder por aquí toda la noche, ya sabes", bromeó Jackson, acercándose a mi lado. Había sido arrastrado por su padre para buscar más hielo del congelador del garaje.

"¿Por qué no?", preguntó Dash, tomando un puñado de bocadillos de la fiesta y metiéndoselos en la boca. Sostenía una botella de cerveza en su otra mano. "Avery encontró el mejor lugar en la casa, justo al lado de la comida".

Además de ofrecerles ayuda a los padres de Jackson, estos chicos no se habían separado de mi lado desde el momento en que entramos. Habían sido atentos y corteses, presentándome a cualquiera que pasaba cerca de nosotros y asegurándose de que tuviera un vaso lleno de ponche en la mano a cada rato. Quizás yo no tenía suficientes citas, o quizás nunca había tenido citas con los chicos indicados, pero este tipo de trato era una experiencia de novela para mí. Me estaban tratando como si fuera de la realeza, o algo. Como si yo fuera algo precioso e irremplazable.

Como si fuera el centro de su mundo. Al menos en la fiesta.

Su comportamiento fue extravagante, pero...gentil. Una chica se podía acostumbrar a este tipo de trato. No yo, por supuesto. Me había prometido a mí mima hace mucho tiempo que no iba a caer en el mismo tipo de trampa que tenían mis padres—atrapados y miserables, lo cual los describía perfectamente. Me había asegurado de escapar de su destino cuando me fui a la universidad y nunca miré atrás. Aunque aquí estaba yo.

Aun así, estos chicos harían feliz a alguna chica algún día. Mi mente regresó a la forma en la que habían adorado mi cuerpo la otra noche hasta que estuve más satisfecha de lo que alguna vez había imaginado posible. Dash tumbado en la cama, yo a horcajadas sobre sus caderas y montándolo, su pene tan profundo, Jackson arrodillado a mi lado y murmurando cómo iba a follar mi trasero algún día justo como lo estaba haciendo con su dedo.

Apreté mi vagina con la visión bastante perversa.

Oh sí, ellos harían muy feliz a alguna mujer.

Una agitación de algo desagradable en mi vientre hizo que agarrara mi vaso de ponche incluso más fuerte. ¿Esos eran...celos? Sí. Feos y verdes. Quería arrancarle los ojos a cualquier mujer que quisiera estar con estos dos. Me sentía muy posesiva con sus penes grandes. Y el resto de ellos.

Ahogué un gruñido mientras tomé un sorbo de la bebida dulce. Qué ridículo ser tan estúpida y mezquina con una mujer desconocida por una vida y una relación que yo ni siquiera quería. Por dos penes de los que intencionalmente me había alejado. Puede que fuese un efecto secundario de estar en esta casa acogedora con estas personas cálidas y atmósfera festiva. Esa era la única explicación por mi anhelo repentino por algo que nunca había conocido. No era como si mis padres decoraran para las navidades. No, ellos no habían puesto un árbol desde el momento en que tuve ocho años y mi padre fue y compró el tipo equivocado en el montón. Mi mamá quería un abeto azul y él trajo un pino a casa, tres pies más alto de lo esperado.

A pesar de que mis padres estaban emocionados de tener la boda de Jackie durante las navidades—no tenían que pagar por adornos en la iglesia o el pasillo de la recepción porque ellos ya estaban engalanados para la temporada —eso era lo más lejos que iba su buen humor.

No pude evitar ver a uno de los padres de Jackson colarse sobre su mamá y enrollar sus brazos alrededor de ella desde atrás. La Sra. Wray, con su cabello plateado, pantalones negros y suéter festivo, se veía como una adolescente mientras se reía y se sonrojaba cuando él la llevó hacia la entrada del comedor donde colgaba un murciélago.

Dash y yo nos reímos mientras Jackson gruñó al lado de nosotros. "Qué vergonzoso", dijo él naturalmente mientras sus padres se besaban y acariciaban justo enfrente de nosotros y el resto de la fiesta.

"Solo espera a que encuentres a tu verdadero amor", dijo una voz familiar desde nuestra izquierda. "Serán niños desvergonzados por sí mismos algún día, guarden mis palabras".

Me puse derecha ante el sonido de las palabras de mi tía y me incliné hacia adelante para mirar alrededor de Dash el cual bloqueó mi vista. Efectivamente, mi tía con sus ondulados rizos marrones salpicados de destellos grises se dirigía hacia mí, su sonrisa ancha familiar en su rostro.

"¡Tía Louise!"

Antes de que pudiera decir algo más me dio un abrazo que sacó el aire de mis pulmones. Dash agarró el vaso de ponche de mi mano antes de que lo derramara.

"Qué espectáculo para estos ojos", cantó ella, moviéndome hacia atrás y hacia adelante como si todavía fuese una niña y no una mujer adulta que era varios centímetros más alta que ella. "¿Qué estás haciendo aquí?"

Antes de que pudiera responder, su mirada perspicaz se movió de mí hacia los chicos.

"Um…Jackson y Dash me invitaron". No tenía ningún deseo de explicarle cómo me había conectado con ellos en un hotel de aeropuerto así que en vez de eso cambié de tema. "No puedo creer que estés aquí. Iba a llamarte mañana para ver si querías almorzar conmigo".

Los ojos de la Tía Louise estaban llenos de una risa traviesa pero no intentó avergonzarme enfrente de Jackson y Dash, lo cual aprecié. "Nunca me pierdo una fiesta de navidad de los Wray. La mamá de Jackson, Beverly, es mi mejor amiga. Siempre lo ha sido y siempre lo será".

"No sabía eso", dije débilmente. "Pero estoy contenta de verte aquí". Tomé su suéter verde con Rudolph enfrente, la nariz roja con un gran pom pom en su hombro derecho. "Qué atuendo tan oportuno".

Su sonrisa creció mientras se miró a ella misma. "El suéter más feo se gana una pedicura".

Noté a un número de mujeres de la edad de la Tía Louise en suéteres feos. Ahora sabía que había una razón.

"El mío es bastante feo, pero creo que Sally se lo metió en el bolsillo", soltó ella.

No sabía quién era Sally, pero si su suéter era peor que el de mi tía tenía que ser bastante malo.

"Yo también estoy contenta de verte, dulzura", añadió ella. "Y me encantaría almorzar contigo. Absolutamente necesitamos actualizarnos antes de que los buitres desciendan en ti en la boda de Jackie".

Me reí de la imagen. Mi familia se parecía bastante a los buitres cuando yo estaba cerca. Ellos tendían a acorralar a la oveja negra y tomar las decisiones en mi vida hasta que estuviera cruda y exhausta.

Su mirada se movió una vez más hacia Jackson y Dash mientras la Sra. Wray y otras dos mujeres mayores se unían a nuestro pequeño grupo.

"¿Vas a llevar una cita a la boda de tu hermana?",

preguntó mi tía con una casualidad forzada que no engañaba a nadie.

Las cuatro mujeres mayores no solo compartían el usar suéteres feos de navidad, sino la misma sonrisa pícara.

"¿O *citas*?", preguntó la Sra. Wray, empujando en las costillas a la Tía Louise de una manera no tan sutil.

Dash suspiró ruidosamente a mi lado mientras Jackson hacía las presentaciones. "Avery, ya conociste a mi madre, Beverly, y estas son sus amigas, Sally y Violet".

"Un placer conocerlas", murmuré asintiendo, pero a ellas no parecían importarles las presentaciones. Las cuatro estaban mirándome fijamente con una curiosidad desvergonzada.

"Señoritas, esta es mi sobrina", dijo la Tía Louise. "La hija mayor de mi hermana. Les he hablado sobre ella".

"Oh sí, ¡la escritora viajera!" Violet, la mujer con la melena gris elegante, se emocionó con eso. "No puedo esperar a escuchar todo sobre tus aventuras, querida. Tu trabajo suena fascinante. ¡Y estás tan bronceada!"

Dash apretó mi cintura sutilmente y pensé en el momento en que ellos descubrieron esas líneas de bronceado.

Pude sentir un rubor comenzando a pesar de que yo nunca me ruborizaba. Tomé un sorbo de ponche para posiblemente esconderlo, pero las mujeres eran hábiles.

"Sí, estaba en México".

"Qué encantador", dijo la Sra. Wray. "E impresionante. Vi el artículo que escribiste en los glaciares que retroceden en Alaska. Fascinante. Me hace querer planear un viaje para verlos antes de que se vayan".

Esta mujer sabía todo sobre mí y mi trabajo...eso debe significar que mi tía hablaba sobre mí. Alardeaba sobre mí incluso.

"¿La Tía Louise te lo mostró?", miré a mi tía.

Negó con la cabeza. "Dulzura, les cuento todo sobre ti a las chicas, pero ese fue alguien más".

"Fue Jackson. Él lo sacó y lo compartió conmigo más temprano", dijo la Sra. Wray.

No pude evitar mirar a Jackson. ¿Había hablado de mí con su madre? ¿Le mostró uno de mis artículos? No tenía idea de qué decir a eso, así que tomé otro sorbo de mi ponche. La mirada que él me dio de vuelta sostenía muchas promesas.

La otra mujer mayor, Sally, aplastó el brazo de su amiga. Su suéter estaba cubierto en árboles de navidad y tenía luces intermitentes. Era horrible y tuve que asumir que había una bolsa de batería en algún lugar. Definitivamente ella se quedaba con el premio de la pedicura. "Calma, Bev, deja que la chica responda la pregunta". Su mirada se fijó en mí con una intensidad alarmante, pero fruncí el ceño porque no podía recordar cuál era la pregunta. "¿Vas a llevar citas a la boda de tu hermana?"

Antes de que pudiera responder, la Sra. Wray intervino mientras le daba una palmada a Sally de vuelta. "Sucede que sé que Jackson y Dash están libres esa noche".

Las otras mujeres se rieron mientras Jackson interrumpió con una paciencia exagerada. "Tú ni siquiera sabes qué noche será la boda, Mamá. Pero buen intento".

Mis mejillas se estaban poniendo calientes. Oh demonios, ahora todos pensarían que estábamos en algún tipo de relación. Las palabras se esparcían rápidamente en este pueblo, y si alguna vez mi mamá se enteraba de esto, nunca escucharía el final. Esto le daría incluso más municiones para seguir acosándome para que me mudara otra vez.

"Solo somos amigos", dije rápidamente. Demasiado rápido. Probablemente sonó grosero.

La mirada de la Tía Louise se movió a mi cintura donde estaba descansando la mano de Dash bastante posesiva, una risa clara en su voz. "Por supuesto, querida".

Después Violet hizo la pregunta temida. "¿Estás de vuelta para siempre?"

¡Dios no! Tragué mi respuesta instantánea. Miré a la Tía Louise, como esperando que ella interviniera en mi defensa. Ella mejor que nadie sabía por qué no me había venido a vivir, pero me dio la misma mirada inquisitiva, sus cejas levantadas. Nada de ayuda ahí.

"Ella solo está aquí para la boda", dijo Jackson. Tenía una sensación graciosa de que él y Dash sabían exactamente lo mucho que odiaba esa pregunta y se habían apiadado de mí.

"Eso es tan malo", respondió la Tía Louise. Negó con la cabeza como si realmente lamentara que no estuviese mudándome de regreso.

Les di una risa corta llena de humor. "Cuidado, Tía Louise, estás comenzando a sonar como mamá".

Levantó una ceja ante eso, y aunque había una pizca de risa en su tono, sus ojos estaban llenos con compasión. "Oh, ni siquiera digas eso". Se acercó, apretó mi brazo. "Sé que no es fácil para ti estar en casa, pero siempre puedes venir a quedarte conmigo".

Abrí la boca para dar un rechazo cortés, pero me encontré a mí misma con un nudo en la garganta por su oferta amable. La Tía Louise siempre había sido mi pariente favorita, pero ofrecerme una casa iba más allá.

"O podrías encontrar un lugar para ti sola", dijo Sally. "Si alguna vez estás en el mercado, llámame".

Antes de que lo supiera, tendió una tarjeta de negocios en mi mano. Bajé la mirada a esto, vi que era una corredora de bienes raíces. "Oh, bueno, um..."

"Ahorita, ahorita, dejen sola a la pobre chica", dijo Violet.

Le lancé una mirada de gratitud a la mujer pero antes de que pudiera decir algo, siguió hablando. "Puedes decirle todo sobre la venta de casas más tarde. Hay unos hombres aquí que quiero que conozcas".

La mandíbula se me cayó, pero Dash habló primero. "No lo creo, Violet. Ya Avery ha hablado por esta noche".

Lo miré impactada. Honestamente no sabía si debía sentirme molesta por su presunción o aliviada porque me estuvieran cuidando. Después de todo, no era como si yo quería que me presentaran a cualquier otro hombre. Tenía las manos llenas con estos dos.

La Sra. Wray se rio y puso los ojos en blanco. "No te preocupes, Dash, ella no está intentando ofrecer a Avery— está tan claro como el día que tú y Jackson la tienen en la mira".

"No, solo somos amigos", protesté otra vez. Pero nadie estaba prestando atención.

"Por supuesto que no", aclaró Violet. "Solo quería que conociera a Rory y Cooper. Están buscando a alguien para que ayude a promover su negocio de helicópteros para turismo de aventura y pensé que Avery podía tener algunas ideas buenas estando en el periodismo de viajes y todo eso".

"Yo, uh…"

No esperaron a que respondiera. Violet me agarró por la muñeca y comenzó a halarme. Miré a Jackson y a Dash por encima de mi hombro en búsqueda de ayuda, pero todo lo que conseguí fue un guiño y una sonrisa. "Son unos buenos chicos", dijo Jackson tranquilizadoramente mientras era sacada de mi lugar seguro cerca de los brownies.

"Ellos te van a gustar", añadió Dash.

Claramente, los dos conocían a Rory y a Cooper y no

creían que ninguna fuese a robarme. Tenían razón. Ellos *eran* buenos chicos y sí me *gustaron*. Veteranos de vuelta del Medio Oriente, estaban bien fundamentados y más allá de cortés mientras explicaban su negocio y cómo se querían expandir.

Aunque yo no era una experta del marketing, sí que sabía más que la mayoría sobre la industria de viajes y antes de darme cuenta estaba dándoles consejos a dos dueños de negocios ávidos interesados en cómo podían lanzar sus servicios para revistas líderes de viajes y páginas web.

Después de escuchar las críticas de mis padres durante los últimos dos días, se sintió bien tener personas que tomaran mi trabajo en serio. No, ellos me tomaban a *mí* en serio. Tan en serio que me ofrecieron pagarme si escribía el tipo de artículo destacado del cual estaba hablando.

"Aprecio la oferta, pero no creo que me quede lo suficiente aquí para hacerlo. Lo siento". Y lo sentía. Me había emocionado en el ángulo que podía girar en su historia personal y su negocio—pero ya me había comprometido a una tarea en Brasil justo después de la boda de Jackie.

Mi tiempo en Bridgewater era limitado, lo cual era como lo había planeado. Había aprendido hace años que tenía que tener un plan de escape cuando venía de visita.

Aun así, me encontré a mí misma mirando a Jackson y a Dash, los cuales habían estado revoloteando cerca mientras hablaba, dándome un poco de espacio para conversar con los pilotos locales, pero siempre lo suficientemente cerca en caso de que los necesitara. Nunca antes había tenido personas cuidándome. Asfixiándome, sí. Persistiendo, de seguro. Pero nunca había tenido esto—la consideración amable, generosa y reflexiva de dos hombres que solo querían asegurarse de que estaba a salvo y feliz.

Me sorprendí a mí misma con un suspiro pesado y por

segunda vez en esa noche me sentí mal por marcharme. Había estado preparada para escabullirme, para huir. Escapar. Pero la fiesta fue divertida y quería pasar más tiempo con Dash y Jackson. No me quería ir.

¿Yo? ¿Triste de despedirme? Esto tenía que ser una aberración. Quizás me estaba enfermando o me había quedado ciega por las luces del suéter de Sally. O quizás había pasado demasiado tiempo desde que tuve un sexo tan genial si una noche de múltiples orgasmos me tenían sintiéndome tonta por una vida en un pequeño pueblo.

"Mantenlo en mente entonces", dijo Rory. "¿Nos disculpas? Nuestra esposa e hija están listas para abrir los regalos". Señaló a una bonita mujer rubia que lucía vagamente familiar.

"¿Esa es Ivy?"

Vi a los hombres hincharse de orgullo mientras miraban a la mujer que había conocido en la secundaria. A pesar de que estos dos habían estado en la misma clase con nosotros, no los recordaba. Quizás estaba demasiado colgada por Dash y Jackson para ver a alguien más. "Sí, y nuestra hija, Lily".

La pequeña niña lucía justo como su madre. Por la forma en que los hombres miraron al dúo, era obvio que estaban enamorados.

"Vayan y reúnanse con ellas. Diviértanse", dije, observando mientras se dirigían hacia allá y los dos se tomaron un momento para besar a Ivy. Hubiese ido a saludar, pero no quería interrumpir.

Todos comenzaron a juntarse alrededor y a intercambiar pequeños regalos así que me detuve. Jackson y Dash se veían como si estaban atrapados en una conversación son Sally y alguien más que no reconocí pero sus miradas seguían dirigiéndose hacia mí como si tuviera algún tipo de tirón magnético.

Los ojos oscuros de Jackson se encontraron con los míos y su sonrisa lenta hizo que mis rodillas se debilitaran. Mierda, ellos eran seriamente peligrosos para mi salud mental pero no se negaba la atracción física. La química. Pero como sí *tenía* un plan de escape y había dejado claro que esto no era nada serio, estaba en la posición increíble de ser capaz de tener mi pastel y comérmelo también.

Y ese pastel metafórico se veía delicioso. Se veían bien en sus camisas abotonadas y pantalones. Pero se veían incluso mejor sin ropa. Músculos ondulados, hombros anchos, espaldas poderosas, grandes—

Quizás si era muy afortunada—o muy traviesa—tendría otra oportunidad para experimentar esa vista maravillosa. Ellos *habían* dicho que tendría un premio. Con suerte dos.

La voz de mi tía detrás de mí me sacó bruscamente de mis pensamientos. "¿Te vas a quedar parada fantaseando con tus vaqueros atractivos toda la noche o vas a disfrutar la fiesta?"

Dejé escapar una risa con sus palabras, volteándome para darle una sonrisa entristecida. Ella tenía razón. Había estado comiéndome a los chicos con los ojos. "No traje un regalo", dije, asintiendo hacia el intercambio de regalos. "Por si no lo has notado, yo no estaba exactamente preparada para venir a una fiesta".

Bajé la mirada señalando mi atuendo demasiado casual pero mi tía sacudió mis preocupaciones, tomándome de la mano y atrayéndome hacia la multitud sonriente. "No seas tonta. Beverly siempre trae regalos extra en caso de que tengamos invitados sorpresa como tú. Además, mayormente son regalos de broma de cualquier forma y todos para divertirse".

Una morena linda y joven se arrodilló en el árbol y parecía estar a cargo de repartir los regalos. Me sonrió cuando la Tía Louise me arrastró hasta allá. "Hannah, te he hablado de mi sobrina, Avery, ¿cierto? Está en el pueblo para la boda de su hermana".

"Por supuesto", dijo la mujer para mi sorpresa. Sonrió. "La chica viajera, ¿cierto?"

Asentí y tendí mi mano.

"Ella es Hannah, la nueva doctora del pueblo", ofreció la Tía Louise como una presentación. Y después, como si fuera totalmente normal y apropiado, se volteó para mirar a la buena doctora con una sonrisa perversa. "Mi sobrina ha estado en el pueblo por un día y se las ha arreglado para atrapar a los dos veterinarios más pecaminosamente sexys del estado".

Daba por hecho que mis mejillas se habían puesto de rojo brillante. "¡Tía Louise!"

Hannah se rio mientras me empujaba. "Bien hecho, Avery".

Solté un bufido de risa por su guiño excesivo. "Oh Dios mío, este pueblo es terrible".

Hannah se rio más fuerte. "Ni que me lo digas. Al menos tú fuiste criada aquí. Venir de California, mudarme a Bridgewater fue como descubrir un mundo nuevo". Su atención parecía haber sido capturada por dos hombres al otro lado de la habitación y su expresión se suavizó dulcemente. "Algunas veces todavía siento como que es demasiado bueno para ser verdad".

Obviamente, esos chicos eran suyos. Grandes y musculosos, uno de ellos le guiñó un ojo a Hannah. Eran atractivos, pero nada como Dash y Jackson.

La Tía Louise se agachó y agarró un pequeño obsequio y me lo dio.

"Ábrelo", instó ella.

Para el momento en que logré abrirlo, Jackson y Dash estaban a mi lado y las amigas de Louise nos rodearon otra vez.

Esto significaba que todos estaban ahí para ver lo que había descubierto.

"¿Eso es...?", comenzó Violet.

"¿Son de verdad?", peguntó Sally.

Me quedé mirando las esposas colgando de mi dedo, demasiado sorprendida para responder. La risa de Hannah cortó el silencio. "Esa debe ser la contribución de Declan para el intercambio de regalos", dijo ella uniéndose a nosotros. "Uno de mis esposos es policía y a él obviamente le gusta dar regalos temáticos".

Le devolví la sonrisa, meneándolas hacia atrás y hacia adelante con una risa. "¿Qué se supone que voy a hacer con estas?"

"Cariño, si tú no lo sabes, yo no te puedo ayudar", dijo la Tía Louise en un susurro teatral que hizo que todos se rieran, incluyéndome a mí.

La Sra. Wray se movió entre mí y su hijo. Enrollando un brazo a mí alrededor, se volteó para mirar a Jackson. "No digas que yo nunca hice nada por ti". Antes de que pudiera preguntar a qué se refería, la mujer mayor agarró mi mano. Se movió tan rápido que no tuve tiempo de reaccionar.

Escuché el chasquido alrededor de mi muñeca, sentí el metal frío y parpadeé. ¿Qué...?

Jackson me miró fijamente por encima de la cabeza de su madre. Se veía tan sorprendido como yo me sentía.

Nos había esposado a Jackson y a mí y después, con una risa ruidosa, agarró a sus amigas por sus horribles suéteres y se marchó.

"Esas mujeres están locas", murmuró Dash, mirando

fijamente nuestras manos unidas con una risa apenas oculta.

"Diviértanse", dijo Hannah con una sonrisa gigante, dándome una palmada en el brazo y dejándonos también.

"Dash McPherson, esto no es gracioso", dije entre dientes apretados. Halé la esposa, lo cual solo movió el brazo de Jackson hacia mí. Estas no eran de juguete. Eran de verdad.

Me volví hacia Jackson y vi que él también se estaba esforzando por no reírse. Encontré contagioso el humor y me uní a ellos. "Tienen que haber llaves por aquí en algún lugar, ¿cierto?"

Cuando los chicos negaron con sus cabezas, dejé de reírme. ¿Nada de llaves? Estaba esposada a Jackson Wray. Demasiado para mi plan de escape.

7

Jackson

Había llaves. Por supuesto que las había. Mi madre las había metido en el bolsillo de mi camisa con una pequeña palmadita después de que hábilmente me esposara al amor de mi vida.

La sutileza nunca había sido el fuerte de mi madre.

Pero ahora, mientras me miraba desde el otro lado de la sala y me guiñaba un ojo, no podía obligarme a admitir que literalmente y figurativamente tenía la llave para dejar a Avery libre de quemarme el bolsillo de la camisa. Dash debe haber sabido—él estaba observando la travesura de mi madre y no hizo nada para intervenir.

Algo me dijo que se estaba quedando callado por la misma razón por la que yo no estaba ofreciendo la llave en este momento. A pesar de sus métodos locos, mi madre nos había dado un regalo. Más tiempo con Avery sin oportunidad de que se escapara.

La había observado esta noche y visto la forma en que se había acostumbrado a la gente amable, aunque un poco peculiar, del pueblo. Lucía como si se hubiese divertido. Pero también escuché su explicación cuando le dijo a Rory y a Cooper que se iba del pueblo.

Más que eso, había visto la vacilación de alivio en sus ojos, pero también la pizca de tristeza.

Obviamente ella tenía un conflicto, y ese era un comienzo. Quizás nos la arreglaríamos para darle un poco de tentación para quedarse—o al menos regresar más a seguido que una o dos veces al año—pero todavía teníamos nuestro trabajo por delante. Estar esposado a la mujer definitivamente era una ayuda.

Miré nuestras manos unidas. Esta era la oportunidad perfecta para mantenerla cerca por un poco más de tiempo. Así que en vez de admitir la verdad, me encogí de hombros y halé su mano unida para que estuviera ajustada contra mi lado. "Estoy seguro de que hay una llave por aquí en algún lugar. Mientras tanto, ¿realmente es tan malo estar atrapada conmigo?"

Sus labios se levantaron a un lado en una sonrisa divertida. "Supongo que no *todo* es tan malo".

"Caramba, gracias".

Dash se acercó, le metió un rizo rebelde detrás de la oreja. Frotó sus nudillos por su mejilla bronceada. "Apuesto que conseguimos un tipo de herramienta que podríamos usar en casa". Su sonrisa era traviesa y su mirada recorrió a nuestra chica. "¿Qué piensas tú, Jackson?"

Pretendí reflexionar al respecto, me froté la barba. "Creo que tienes razón". Volteándome para mirarla, me acerqué.

"¿Qué piensas *tú*, cariño? ¿Quieres ir a nuestra casa y ver si podemos conseguirte algo?"

Sus ojos se ensancharon con diversión escandalizada.

Sonreí. "Conseguir sacarte las esposas, quiero decir". Solo añadí eso después de que supiera que íbamos más en serio con respecto a conseguirle algo que a separarnos.

Dejó caer su cabeza mientras se rio, mostrándonos la perfecta línea larga de su garganta. El sonido hizo que muriera por traerla a mis brazos y besarla, a parte del hecho de que estábamos en la casa de mi familia y en completa vista de la mitad del pueblo. Me conformé con presionar mis labios en su frente, lo cual fue incluso más íntimo de lo que esperé.

Cuando finalmente respondió, vi el destello sexy en sus ojos y casi gemí en voz alta.

"Sí, esto podría ser bueno", dijo ella con esa voz ronca de ven acá suya. "Vámonos".

El camino de vuelta a nuestra casa parecía nunca terminar a pesar de que no estaba a más de diez minutos. Sentada entre nosotros, nuestra chica se puso enérgica y manoseadora en el momento en que estuvimos solos en la camioneta. Su mano esposada se deslizaba hacia arriba y abajo de mi muslo, acercándose más y más a mi pene. No la iba a detener. Si ella quería tocarme, de seguro que podía. Estaba dolorosamente duro y si me rozaba demasiado con sus dedos, me preocupaba correrme. Me tenía *así* de excitado.

Nuestros abrigos estaban lanzados por encima de nuestros hombros porque nuestros brazos estaban unidos. Incluso cuando el calentador no había comenzado a disparar el aire caliente, prácticamente estaba sudando.

"A la mierda, cariño", gruñí mientras ella me frotaba a través de mis pantalones. Me puse rígido y solté un suspiro.

Una mirada rápida me mostró que estaba sometiendo a Dash a la misma tortura dulce. Cuando la camioneta aceleró, supe que él estaba tan desesperado como yo por hundirse en ella.

"¿Cuánto falta para que lleguemos a su casa?", preguntó ella.

"¿Húmeda para nosotros, muñeca?", preguntó Dash, su voz un gruñido profundo.

"Estoy tan excitada que no lo puedo soportar", dijo ella, meneándose un poco en su asiento.

"¿Entonces te gustaría un poco de sumisión?", añadió él.

"Mm-hmm".

Maldición, eso era ardiente.

Dash se acercó y deslizó su mano entre sus muslos, cubriéndola. Ella separó sus piernas para darle mejor acceso. Observé en frustración mientras Dash frotaba su vagina a través del material delgado de sus pantalones. Demonios, no podía esperar por mi turno. Pero mi mano todavía estaba unida con la de ella y de ninguna manera iba a quitar su mano de mi pene. Sus pequeños golpes eran una tortura, pero no podía dejarlo.

Ella arqueó su espalda y su chaqueta cayó de sus hombros. Sus tetas erectas contra su camisa. "¿Ya casi llegamos? No puedo esperar mucho más".

Dash me miró por encima con una sonrisa. Podía decir con seguridad que ninguno de los dos había conocido nunca a una mujer que abrazase tan completamente su sexualidad como nuestra Avery. Y parecía que un par de esposas solo hacían que nuestra chica se pusiera salvaje.

Vi la mano de él tocar más fuerte su vagina. "¿Te sientes traviesa, muñeca?"

Su respuesta fue un gemido. Sus labios se separaron y sus ojos se cerraron mientras enrollaba sus caderas hacia cadera, metí la mano en el bolsillo de mi camisa y saqué la llave. A pesar de que me gustaba atrapada a mí, quería completa honestidad. Claro, la forzamos a acostarse en la cama, pero no la íbamos a retener bajo fuerza. No quería estar con ella con una mentira sobre nuestras cabezas—o alrededor de nuestras muñecas. Tenía que estar en la cama con nosotros al cien por ciento. Saber que ella estaba a plenitud hacia la diferencia. "—solo te quiero a ti esposada".

Se quedó mirándome con la boca abierta. "¿Has tenido eso todo este tiempo?"

"Desde que su madre la metió en su bolsillo", añadió Dash, sentándose a un lado de la cama.

"Pero—"

"Te queremos, muñeca".

"¿Ustedes estaban metidos en esto?", preguntó ella, balanceando su muñeca.

Agarré mi propia muñeca, puse la llave en el agujero y abrí. La esposa abrió de un chasquido fácilmente. "¿Metidos en la travesura de mi madre? Demonios, no. A ella sola se le ocurrió eso".

"O con la Tía Louise. Estoy segura de que ella simplemente eligió el regalo de Declan al azar".

Dash se rio. "Probablemente tienes razón. Parece que hay un montón de personas que quieren que estemos juntos en la cama".

Avery apartó la mirada. Era ligeramente vergonzoso, pensar en mi madre y sus amigas intentando ayudarnos a Dash y a mí con el amor de nuestras vidas. Pero Avery *estaba* en mi cama, así que había funcionado. Ahora dependía de nosotros mantenerla ahí. Y para hacer eso, teníamos que darle la opción de irse.

"Lo que hagamos depende de ti". Cuando su mirada se encontró con la mía, continué. "¿Quieres que te llevemos a

Me bajé, me puse de pie y desabotoné mi camisa lentamente, después me saqué los pantalones. Dash estaba al otro lado de la cama, pero ya se había quitado sus calzoncillos y agarraba su pene en su puño.

Ella se sentó y nos miró. Nunca había estado tan duro y ella estaba sentada en mi cama, toda excitada e interesada. Me saqué los calzoncillos, mi pene quedando libre, y miré a Avery.

"¿Después qué?", pregunté, agarrando la base y deslizando mi mano hacia arriba. Sentí una gota de líquido pre seminal llenarme la mano y eso hizo que el camino de vuelta fuera más suave. Siseé. Esto se sentía bien, pero quería estar dentro de esa vagina perfecta.

Miró el lubricante y el tapón en la sábana.

"Entonces ustedes hacen lo que deseen".

"¿Lo que deseemos?", preguntó Dash, confirmando.

Se mordió el labio y asintió.

"Dilo, muñeca. Di que nos das el control. Que haremos lo que queramos, pero que nos puedes detener en cualquier momento".

"Les doy el control", respondió ella.

Le di una mirada rápida a Dash.

Hora del juego.

"Antes de que cerremos esas esposas, vamos a quitar esa camisa. Arriba de rodillas".

Se levantó rápidamente y Dash la ayudó a salirse de su camisa, sacando las esposas cuidadosamente a través de su manga. Continué observando, sacudí mi pene mientras él la ayudaba a quitarse el sujetador también. Admiré las copas mitad negras, pero me gustaba más como se veían en mi suelo. Tan pronto como estuvo desnuda de la cintura, Dash tomó sus muñecas en sus manos, la miró a los ojos.

"¿Lista?", preguntó él.

"Sí", respondió ella.

"Buena chica". Con dedos hábiles, puso sus manos detrás de su espalda y escuché el chasquido de la esposa.

Él dio un paso atrás y solo la miramos. Sus senos estaban erectos, las puntas rosadas ajustadas empujando hacia nosotros.

"Ellos están pidiendo nuestra atención, ¿no es cierto?", pregunté, arrodillándome delante de ella y llevándome un pezón a la boca.

"Qué bueno que somos dos, muñeca. No querrás que uno sea rechazado", dijo Dash antes de inclinarse y tomar el otro entre sus dedos, halando y jugando.

"Oh dios", murmuró ella.

Sentí su tirón contra las esposas, escuché el tamborileo del metal mientras ella gemía. Sonreí contra su piel suave mientras sacaba mi lengua contra la punta dura, presionándolo contra el techo de mi boca mientras chupaba.

Fuimos implacables, siendo gentiles, después un poco rudos con ella, pero solo prestando atención a sus senos. Besé toda la curva, encontré una pequeña peca, me volví loco al ver la línea de bronceado. Retrocedí para mirar su rostro mientras Dash tomaba su turno de tomarla en su boca.

Sus ojos estaban cerrados y su cabello colgando suelto por su espalda.

"¿Más, cariño?"

"Me voy a venir de solo eso si siguen".

Dash dio un paso atrás y la miramos. "¿De verdad?", preguntó él. "Amo un buen desafío".

Ella gimió y se movió, sus senos rebotando. Sus pezones estaban duros y brillando por nuestras atenciones. Su seno derecho tenía un pequeño chupetón.

"Y todavía estás usando tus bragas", añadí. "Pero no queremos que se venga todavía, ¿no es cierto?"

Dash levantó una ceja y sonrió. "No".

"¿Qué?", gimoteó ella.

"Nosotros estamos a cargo, ¿cierto?", preguntó Dash.

Apretó sus labios, bajó su trasero a sus talones. "Sí, pero eso no significa que me gustes tú o tu hoyuelo", murmuró ella.

Dash se rio y tomó su brazo, ayudándola a ponerse otra vez de rodillas. "Fuera de la cama, muñeca".

Él la ayudó a bajarse al piso de madera. Me puse detrás de ella, puse mis manos en sus caderas y empujé la tela elástica de sus pantalones de yoga bajo sus caderas. "Nada de bragas", observé. "¿Estabas en la fiesta de navidad de mis padres sin bragas?"

Me miró por encima de su hombro. "Te dije que no estaba vestida para eso".

"Traviesa", dije, volteándola para que mirara la cama mientras Dash agarraba una almohada, la ponía en la orilla así que cuando puse una mano en su espalda e hice que se doblara, sus caderas estaban levantadas. Demonios, las líneas de bronceado en su trasero eran hermosas también. "Y necesitas ser castigada".

"¿Qué? ¿Por qué?" Intentó levantarse, pero con sus manos detrás de ella, fue fácil mantenerla en el lugar.

"Nos dejaste en Minnesota sin despedirte. Sin hablarnos", dijo Dash. Su mano se acercó a su trasero levantado con una ligera cachetada. Nada demasiado fuerte, pero una marca rosada apareció casi inmediatamente.

"¡Ey!", gritó ella, meneando sus caderas.

"Mi turno", dije, añadiendo mis huellas en su otro cachete. Dejé mi mano ahí, froté la piel acalorada.

"Nada de escaparse, muñeca". Dash la azotó otra vez.

"Está bien, está bien", respondió ella, volteando su cabeza para poder mirarnos.

"Está bien", repetí, deslizando mi mano hacia abajo y por encima de su vagina. Maldición, estaba empapada.

Gimió, cerró sus ojos.

Me introduje dentro de ella con facilidad y sus paredes se apretaron mientras gemía otra vez. Líquido pre seminal se chorreó de mí del deseo, pero no era hora. Me salí, hice círculos en su clítoris, suavemente, cuidadosamente mientras Dash agarraba el lubricante y el tapón.

"¿Alguna vez habías tenido un tapón antes?", preguntó Dash, derramando el líquido claro sobre la punta.

"Sí", susurró ella.

Frotando la yema de sus dedos, los cubrió con un poco de lubricante, después encontró su entrada expuesta.

"Tranquila, muñeca. Primero vamos a prepararte para el tapón. Solo mi dedo".

Me arrodillé para poder continuar jugando con su clítoris mientras Dash comenzaba a colocar el lubricante en su entrada trasera, haciendo círculos y presionando hacia adentro, después derramando un poco más. No pude evitar la forma en que mis dedos se estaban poniendo pegajosos con su excitación saliendo de ella. Le gustaba que jugáramos con ella, justo como lo había hecho la noche en la habitación de hotel.

Pero ahora estábamos yendo más allá con ella, y con suerte pronto, mucho más allá. Por todo el camino.

Cuando Dash sacó su dedo pegajoso de ella y puso la punta estrecha del tapón en su lugar, se estremeció. Llené mi pulgar de sus jugos y comencé a hacer círculos en su clítoris con un poco más de atención. Se levantó como una perla dura y supe, en el segundo en que se relajó y gimió, que era una buena distracción de las acciones de Dash.

Él fue cuidadoso, paciente y metió el tapón dentro de ella lentamente. Observé como su anillo ajustado se estiraba a un blanco tenso alrededor de la porción más ancha del pequeño tapón, después se introdujo el último trozo y se instaló.

Avery jadeó, después se desplomó.

"Buena chica", dijo Dash, acariciando su cachete rosado con su mano. Asentí hacia él antes de que fuera al baño a limpiarse.

Me puse de pie, me moví y quedé justo detrás de ella, separando más sus pies con los míos. Con una mano en la cama justo en su hombro, me incliné hacia adelante alineando mi cuerpo encima del suyo y la besé desde su cuello a su oreja. "Pronto los dos estaremos dentro de ti. Sin tapón. Solo nuestros penes. ¿Quién debería reclamar tu trasero, Dash o yo?", murmuré.

Ella sonrió perezosamente, sus ojos permanecieron cerrados. Ella era tan pequeña, tan cálida, tan perfecta debajo de mí. Mi pene no estaba tan contento mientras se instalaba contra sus pliegues, mi pene cubriéndose de su necesidad.

Dash regresó y lanzó una larga tira de condones a la cama.

"¿Lista para nuestros penes?", pregunté.

"Por favor", dijo ella. "Por favor, por favor".

Me incliné un poco más hacia adelante para poder besar sus plegarias mientras Dash abrió una envoltura y se puso un condón.

Me levanté de la cama y me moví para que Dash pudiera tomar mi lugar.

Mis pelotas dolían con la necesidad de hundirme en ella. El aroma de ella en el aire y sobre mis dedos hizo que se me hiciera agua la boca por quitar a Dash del camino y probarla. En vez de eso, arranqué un condón de la tira y observé mientras Dash se hundía en ella lentamente, con cuidado de ir lento con la base púrpura del tapón justo por encima.

Observar su vagina tomarlo profundo, sabiendo lo ajustada que debía estar, lo húmeda, hizo que me apretara la base del pene para no venirme.

Con una mano en la cadena que unía las esposas en sus muñecas, Dash comenzó a moverse, empujando profundo sus caderas, después retrocediendo.

Los ojos de Avery estaban cerrados, su boca abierta. Arqueó su espalda para tomar tanto de Dash como pudiera.

"¿Así?", pregunté.

"Dios, sí", dijo ella otra vez. "Más".

Dash sonrió mientras la tomaba más rápido. Más duro. En pocos minutos, el sudor chorreó de su ceño.

"¡Me voy a venir!", gritó ella.

"Mierda, está estrangulando mi pene. No me puedo contener, muñeca. Eres demasiado buena". Dash cerró sus ojos, apretó su mandíbula, empujó profundo y se vino con un gruñido.

Agarré la llave de la mesa y esperé.

Los gritos de ella continuaron incluso después de que Dash se saliera cuidadosamente, agarrando la base del condón. Ofreciendo una sonrisa bastante satisfecha, se volteó hacia el baño. Maldito.

Me incliné hacia adelante, abrí las esposas.

"Con cuidado. Déjame ayudarte", dije mientras la levantaba y la ponía en mi regazo, frotando sus brazos y hombros. "¿Algo de dolor?"

Me miró un poco soñadora. Sentí la manilla del tapón contra mi muslo. Y sus jugos. Ella todavía estaba goteando.

"No".

"¿Lista para más?"

Me sonrió como si estuviese drogada. Sus mejillas estaban sonrojadas, su piel estaba jodidamente caliente. Suave. Perfecta.

"Mm-hmm".

Sí, eso es lo que pensé. Nuestra chica siempre estaba lista para hacerlo.

8

 VERY

Uau. No sabía que me gustaba ser amarrada. No amarrada. Esposada. Y no con los forrados de piel tampoco. Al principio, me quedé atónita cuando la Sra. Wray me amarró a su hijo sin una manera de salirse de ahí, incluso entré en pánico por unos segundos. Pero Jackson no se molestó. Sorprendido, sí. ¿Qué madre esposaba su hijo a su cita intencionalmente?

Pero una vez que nos fuimos de la fiesta, la idea de ponerme un poco salvaje con estos chicos me puso muy ansiosa. Tan ansiosa que estuve encima de ellos en la camioneta. Sí, fui atrevida, pero eran Jackson y Dash y me sentía cómoda con ellos. Ellos no juzgaban, no me creían una zorra por saber exactamente lo que quiero e ir por ello.

Ellos.

Pero cuando Jackson sacó la llave de su escritorio, estuve

incluso más atónita. Me habían dado la opción. Decidir por mí misma cómo iría nuestra noche. Ellos me querían amarrada. Sus penes duros eran una prueba de que les gustaba la idea de que estuviera a su merced. Pero me querían así porque yo daba mi consentimiento, no por una travesura de una madre.

Jackson y Dash solo dominaban cuando yo estaba dispuesta a someterme. Hubo una premeditación aquí. Me querían otra vez y lo planificaron. Esperaron. Tomar la llave fue mi decisión. No solo la llave, sino el tapón también.

Como si *hubiera* una decisión que tomar.

Los quería a ellos. Quería que me pusieran las esposas e hicieran sus cosas perversas conmigo. Y lo hicieron.

Pero no habían terminado. Ni cerca de estarlo.

Jackson agarró mi cintura y me giró para que quedara de espaldas en la cama y él se estaba cerniendo sobre mí. Enrollé mis piernas alrededor de mi cintura, sus pies en el suelo. Con un movimiento sencillo, estaba en la orilla del colchón y él estaba adentro profundo.

Él se sentía diferente a Dash, se movía diferente. Me tocaba en su propia forma especial. Jackson era más suave, pero insistente. La forma en que me tomaba, la forma en que se meneaba y movía con sus caderas y presionaba contra mi clítoris cada vez que estaba profundo. También presionaba contra la base del tapón, empujándolo dentro de mí cada vez, justo como lo había hecho Dash.

Su aliento sopló en mi cuello, su barba rozando mi piel sensible. Cada lugar que tocaba cobraba vida. Mientras se apoyaba en sus antebrazos, su pecho presionado en el mío, mis pezones se pusieron como puntos duros contra él. Nuestra piel estaba pegajosa y con cada embestida, mis pezones enviaban un zumbido caliente directo a mi clítoris.

"Jackson, sí. Más".

"Shh, sé lo que necesitas". Me besó a lo largo de mi cuello, lamió el lugar sensible detrás de mi oreja mientras me aferraba a él. Podía sentir cada juego y cambio de sus músculos en su espalda y cuando mis manos se deslizaron para cubrir su trasero, Dios. Me iba a venir.

Era tan bueno. Tan, tan bueno. Mi cabeza se hundió en el colchón mientras él lo hacía más rápido. Más profundo. Más duro. Con sus pies en el suelo y una mano sobre mi hombro, tenía una tracción increíble. Era tan grande, la cabeza de su gran pene golpeaba el final de mi pasadizo. Mi aliento escapó al ritmo de sus movimientos.

"Jackson, yo...um, sí. Más. No puedo—"

Estaba cerca, pero no ahí. Necesitaba algo más, pero habían demasiadas sensaciones. Su boca en mi cuello, su pene bien profundo, la sensación del tapón, la presión de su cuerpo.

Cambiando su peso, se agachó y tiró del tapón.

Mis ojos se abrieron de golpe y me quedé mirándolo. Estaba sonriendo, aunque podía ver la tensión en su rostro. Sus ojos oscuros estaban casi negros, su cara ruborizada.

"Te gusta eso, ¿no es así?"

Solo asentí con la cabeza porque no tenía palabras. Toda mi atención estaba en el tapón y él me estaba follando con eso, trabajando ese anillo de músculo ajustado, despertando cada terminación nerviosa.

"Cuando estés lista, te tomaremos juntos. Se sentirá como esto. Solo que mejor", prometió él.

Sentí el peso pesado de Dash hundir la cama mientras se recostaba sobre un codo y acariciaba mi cabello. "Yo no estaré aquí, muñeca, estaré detrás de ti, mi pene profundo dentro de ese trasero mientras Jackson llena esa vagina".

Los ojos se me cerraron porque estaba casi ahí. Dios, era tan...¡oh!

Sacó el tapón y me vine, mi espalda curvándose, mis talones enterrándose en el trasero de Jackson. Colocó el tapón adentro de nuevo.

Grité.

Jackson se quedó inmóvil. Se hinchó. Gimió. Se vino.

Era demasiado. Ellos eran demasiado. Lo último que escuché antes de quedarme dormida fue el elogio rápido de Dash. "Buena chica".

Debo haberme dormido después de ese último épico orgasmo porque lo último que supe fue que estaba parpadeando despierta en una habitación oscura. Jackson estaba a un lado de mí, Dash en el otro.

No estaban durmiendo.

Me las arreglé para sentarme. "¿Qué hora es?"

Respiré profundo, lo dejé salir y busqué un reloj. La habitación estaba oscura, la luz del pasillo ofreciendo un resplandor débil.

Dash me atrajo hacia abajo otra vez así que quedé abrazada entre ellos una vez más. Ni siquiera recordaba las sábanas siendo colocadas arriba de nosotros. Jackson me había dado el orgasmo de todos los orgasmos. ¿Me había desmayado?

"No es tan tarde pero no queríamos despertarte", dijo él. "Te tomamos duro".

Estaba un poco inflamada, pero extrañamente, se sentía bien. El dolor profundo en mi vagina y la ligera picadura en mi trasero solo era un recordatorio de lo que me habían hecho. A lo que me había sometido.

"¿No hay un vaquero que dice: "Monta duro y apártate mojado?", pregunté.

Una mano se deslizó por mi muslo y entre mis piernas.

"Te montamos duro—", murmuró Jackson, "—y definitivamente estás mojada".

La sensación de dedos suaves hizo que arqueara mi espalda. Había sido bien follada y definitivamente estaba un poco inflamada, pero no lo suficiente para apartar su mano. Me derretí en el tacto, mi vagina poniéndose caliente instantáneamente como si reconociera el tacto.

Mi cuerpo conocía a estos hombres, los deseaba, a pesar del hecho de que mi cerebro me estaba diciendo que era hora de huir.

Podía follar, pero ¿acurrucarnos después? ¿Enrollarnos? ¿Solo revelarnos en los cuerpos del otro en ese resplandor crepuscular borroso? Realmente eso no era lo mío. Pero por mucho que me dijera eso a mí misma, mi cuerpo definitivamente tenía otras ideas y esas incluían dos penes gloriosos. Separé más las piernas.

Era la mujer más afortunada en el mundo porque tenía a dos hombres a cada lado de mí. Eran hermosos, inteligentes, amables y sabían exactamente cómo hacerme venirme.

Era difícil luchar contra la sensación acogedora y tibia de tener a dos hombres mimarme y abrazarme. Y meterme dedos.

Llevé mis brazos arriba de mi cabeza para estirarme, para doblar mi espalda en el tacto juguetón. Mi mano golpeó algo duro y frío. Las esposas. Las levanté, las dejé colgando de uno de mis dedos mientras volteaba la cabeza de un lado al otro para mirar a mis hombres. La mano entre mis piernas se quedó inmóvil.

"No puedo creer que me dejaron pensar que estaba atrapada en estas cosas".

La sonrisa de Jackson fue completamente sin remordimientos. "Funcionó, ¿no es así? Te trajo a la cama con nosotros".

"No necesitaba estar esposada para que eso pasara".

"Pero te gustó. Saber que estabas atrapada conmigo. Después más tarde, cuando estabas esposada y a nuestro merced". Jackson hizo círculos en mi clítoris. "Las puntas de mis dedos están llenas. Estás húmeda solo porque lo hablemos".

"No, estoy húmeda por ustedes...*todavía*. Y funcionó porque sus penes son gigantes", dije. Fingiendo un ceño fruncido, hice lo mejor para parecer molesta pero no fueron engañados. Especialmente porque sus penes gigantes definitivamente no eran una queja.

"Funcionó porque te gusta ser amarrada", añadió Jackson. "Te gusta que dos hombres te dominen, que te digan qué hacer. Que te follen hasta que te desmayes".

Jackson sacó su mano de las sábanas, lamió los dedos que habían estado dentro de mí. Dios, eso fue ardiente.

Dash tomó mi mentón y me volteó para que tuviera que mirarlo. Sus dedos fueron suaves, la línea larga de su cuerpo duro, aunque bastante cálida. "Deberías haberte dado cuenta ya de que haremos cualquier cosa para mantenerte con nosotros. Incluso si eso requiere esposas".

No pude evitar notar la mirada oscura en sus ojos. Era demasiado intensa. Demasiado honesta. Incluso Jackson parecía inusualmente estoico mientras esperaba que respondiera.

Ellos hablaban en serio. Con respecto a mí. Con respecto a nosotros.

El pánico hizo que me sentara otra vez. No era solo pánico al pensar que ellos me querían—y créeme, como una nativa de Bridgewater, sabía exactamente qué implicaba eso. No, lo que tenía mi adrenalina bombeando era el anhelo extraño que sentía en el pecho. Ellos me querían a mí...y parecía que una parte de mí estaba tentada a quererlos a ellos de vuelta. Y para más que una noche salvaje. Las esposas no eran necesarias. Y no era solo mi vagina.

Maldición. Eso no era parte del plan. Solo estaba aquí por un par de días más. Después de eso dejaría Bridgewater atrás, como siempre. Tentada o no, eso no estaba en las cartas. *Ellos* no estaban en las cartas.

Pero la noche no se había terminado y yo no quería ir ahí esta noche. Ellos no estaban presionando el asunto así que, ¿por qué arruinaría un momento perfecto de diversión hablando del futuro? Especialmente cuando sabía que no había futuro, no para nosotros, al menos.

Me estaban mirando con preocupación, probablemente por la forma en la que me había erguido como un gato asustado. Puede que ellos hubiesen tenido el control antes, pero yo decidía mi destino. Y yo iba a tomarlo un día a la vez. Una noche. Y esta noche, me quedaría justo entre ellos.

Me giré para mirarlos con una sonrisa perversa, las esposas todavía colgando de un dedo. "Díganme, chicos, ¿pueden pensar en alguna otra manera de controlarme sin tener que amarrarme?"

Sus sonrisas de respuesta fueron jodidamente sexys.

"¿Quieres que tengamos el control otra vez?", preguntó Dash, su hoyuelo aumentando en su mejilla.

Me mordí el labio, asentí.

Dash puso las sábanas al pie de la cama, agarró su pene. "Chúpame, muñeca, mientras que Jackson folla tu trasero".

Mis ojos se ensancharon ante las palabras oscuras. Realmente oscuras. Jackson se agachó, agarró el lubricante y otro condón de la mesita de noche.

Por todo el tono de mando de Dash, me guiñó un ojo. Sí, a pesar de que tuvieran el control, yo definitivamente tenía todo el poder. Quería esto con ellos. No, los quería a ellos. Así que me puse de rodillas y me sometí. Toda la noche.

9

VERY

Dos rollos de una noche con los mismos chicos. Esto era algo para un récord. Chicos, plural, definitivamente, pero era el asunto de las dos veces lo que era un gran rollo. Me dejaron en la casa de mis padres en su camino al hospital de animales. Esperaba que fuera después de que mis padres se fueran a trabajar para evitar cualquier pregunta horriblemente personal sobre mis actividades nocturnas, pero eso no sucedió.

Estaban en casa. Y peleando.

"—al menos hazlo donde nadie lo sepa", dijo mi madre, su voz afilada. Lo suficientemente alta para salir de la cocina.

Cerré la puerta silenciosamente detrás de mí, me quité el abrigo.

"Por favor", contestó mi padre. "Todos los que trabajan en el hotel de la 7 saben de ti y de tu bombón".

Mamá se rio, aunque no estaba divirtiéndose. "¿Bombón? Al menos él es legal".

Me quité las botas y me estremecí cuando pisaron la alfombra plástica. La discusión se detuvo y los dos vinieron a la sala.

Mi padre estaba vestido para ir al trabajo—menos sus zapatos los cuales estaban en la alfombra cerca de mis botas—y llevaba una taza de café. El aroma oscuro de este era lo único reconfortante en la casa. No había ningún árbol de Navidad. No chimenea encendida. Sin calidez en lo absoluto. Ni siquiera de mis padres.

Dios, no podía recordar la última vez que me abrazaron. La Sra. Wray me abrazó al menos cinco veces durante la fiesta y la acababa de conocer. Los padres de Jackson también me abrazaron. Sonrieron, fueron cálidos y acogedores. No juzgaban. Solo les gustaba yo porque a Jackson le gustaba.

Respetaban a su hijo, lo amaban incondicionalmente. A Dash también.

Y todavía mis padres eran como extraños para mí. Extraños que conocían mi pasado. Mi apenas querido pasado.

"Te lo dije, tenía una cita".

"¿Toda la noche?", preguntó mi padre. Su tono era acusador e hizo que se me pusieran los pelos de punta.

"No tengo dieciséis años, Papá". Me quité la otra bota con un golpe.

Esnifó. "Aun así, tienes una reputación que mantener".

Suficiente, ahora estaba molesta. Estaba cansada. Ya no estaba relajada por una noche salvaje de follar. ¿No me había tomado mi café y mi padre me estaba acusando de *arruinar* mi reputación? Me mordí el labio antes de decir algo de lo que me pudiera arrepentir.

"Ustedes deberían hablar", soltó Mamá a Papá.

"Jesús, Marla", contestó él. "Todos van a estar hablando sobre el comportamiento vulgar de Avery en la boda de Jackie".

Colgué mi abrigo en el perchero, puse los ojos en blanco. *¿Comportamiento vulgar?*

"¿Tu secretaria no está en la lista de invitados?", soltó ella, y supe que su secretaria fue su última chica al lado.

"Voy a tomar un baño", dije, haciéndolos mirarme otra vez. Lo hice a tres pies antes de que mi madre levantara una mano.

"Colgué tu vestido para la boda en tu armario. Asegúrate de que te quede bien porque estabas en México o en Mozambique y te perdiste las pruebas. Queremos que las fotos familiares se vean bien".

"¿Familia? Quieres que las fotos familiares se vean bien", repetí, mi tono incrédulo. "¿Por qué? ¿Para que puedan continuar fingiendo que todavía somos una familia? No les importa mi trabajo, lo que hago. Lo que me hace feliz".

Las cejas de mi madre estaban levantadas debajo de su flequillo oscuro. "¿Cómo podemos hacerlo? Tú nunca estás aquí".

"Todo lo que tienes que hacer es preguntar, Mamá. Tengo correo electrónico, video llamadas, un teléfono. Estar en el mismo pueblo no debería hacer una diferencia".

Pensé en Dash y en Jackson. Ellos me querían como fuera y donde quiera que pudiesen tenerme. Sin ataduras.

Ellos me entendían, lo que me molestaba después de unos pocos días de una manera que mis padres *todavía* no hacían.

"Estás aquí ahora", contestó ella. A pesar de que apretó sus labios, no ofreció ninguna señal externa de rabia. Ha tenido toneladas de práctica con Papá. "Tu padre tiene razón. No deberías entrar por la puerta con la misma ropa con la que te fuiste".

Lancé mis manos al aire. "Has estado presionándome para que encuentre un buen chico con el que tener una cita aquí en Bridgewater. He encontrado a dos. ¿*Ahora* me estás diciendo que me estoy sobrepasando? ¿Alguna vez puedes ser feliz?"

"No le hables así a tu madre", soltó Papá.

"¿Por qué no? Tú lo haces".

Eso fue todo. Suficiente. Fui a mi habitación, lancé la puerta. Hablarles a ellos fue como golpear mi cabeza contra la pared. Esta era la primera vez que alguna vez les contestaba de regreso. Mientras que quería decir que se sintió bien, en realidad se sentía bastante horrible porque no hacía ninguna diferencia. Ellos no iban a cambiar. Cuando volvieran a casa del trabajo, retomarían su pelea el uno con el otro. Y conmigo.

TOMÉ UN BAÑO, después dormí la mayoría del día, pero me aseguré de estar fuera de casa antes de que regresaran mis padres. Era la hora feliz y estaba sentada en un taburete en El Perro que Ladra, Jackson y Dash se habían reunido conmigo justo después de la clínica. Dios, no había estado en este bar en años. Todavía se veía exactamente igual. Como todo lo demás en Bridgewater, el bar local parecía estar atascado en el tiempo, para mejor o peor.

No es que me estuviese quejando—esta noche, esta familiaridad era reconfortante. O quizás solo me sentía toda cómoda y contenta porque tenía la mano de Jackson en mi rodilla a un lado y el brazo de Dash enrollado alrededor de mí en el otro lado mientras me contaban de sus casos del día. Dos perros, un periquito, dos ovejas y una historia salvaje sobre capturar a un gato feroz. La música salía del toca discos y la cerveza estaba fría.

A parte del gato feroz, una chica se podía acostumbrar a esto.

Suspiré, dándome cuenta de que no podía pensar cosas como esta. No podía permitirme confundirme solo porque me estaba divirtiendo en Bridgewater por primera vez, a parte de la pelea verbal que tuve con mis padres. Una vista genial, llena de sexo no hacía un compromiso. Era una experiencia agradable para ser saboreada y disfrutada...y después marcharse. Mi corazón a salvo.

Saboreado y disfrutado. Me reí internamente porque esa no era en lo *absoluto* la forma en la que debería describir lo que hacía con Dash y Jackson. Y no era solo *agradable*. Era alucinante. Salvaje. Alocado. Increíble.

Sí, aun así me iba a marchar.

Jackson tenía que haber estado leyendo mi mente porque dijo: "Entonces, Avery, ¿cuándo vuelas para tu siguiente tarea?"

El agarre de Dash en mi hombro se apretó, pero no hizo un comentario.

"Justo después de la boda", dije, bajando la mirada a mi vaso de pinta. Tomé un sorbo, dejé que el sabor amargo se instalara en mi lengua.

"Brasil, ¿cierto?", preguntó Jackson.

Asentí. "La selva del Amazonas".

Realmente no quería hablar sobre eso. Estaba disfrutando este momento, y bastante intencionadamente *no* pensando en el futuro. O, más importante, mi salida inminente. Por primera vez, un asiento de avión no parecía demasiado atractivo. Cargar mi maleta, un dolor. Clientes. Mareos. Soledad. Fruncí el ceño por solo pensar en esto en absoluto. Me sentía como Scrooge, succionando el placer de la temporada de fiestas.

Bah patrañas.

"¿Estarás a salvo?" La voz de Dash fue brusca en mi oído y su agarre no se aflojó en lo más mínimo.

"Por supuesto", dije, dirigiendo la mirada hacia él. Lo esperaba. "Tomo cada precaución para ser cuidadosa". Mi voz sonó rígida y automáticamente doblé mis brazos por mi pecho defensivamente.

Jackson miró a Dash por encima de mi cabeza y sentí el agarre de Dash relajarse. Su mano frotó el área que había estado agarrando como haciéndola sentir mejor. "Lo siento, Avery. No quise que eso sonara tan—"

"¿Sobreprotector?", sugerí. *¿Como mis padres?*

Dash suspiró. "Sí, eso. No es que no confíe en ti. Demonios, eres la mujer independiente más auto suficiente que conozco. Esa es una de las cosas que es tan atractiva de ti".

"Y tus senos", añadió Jackson, guiñándome un ojo.

Le sonreí mientras Dash continuaba.

"Solo me preocupa tu seguridad. Nuestro trabajo es mantenerte a salvo".

Jackson gruñó suavemente a mi lado justo antes de darles un recordatorio.

"Yo no firmé por eso. No necesitan protegerme". Me volteé hacia Jackson. "Y no necesitan intentar mantenerme aquí tampoco. Tengo suficiente de eso de mi familia. *Yo decidiré* qué hacer con mi futuro".

"Lo sabemos", dijo Jackson rápidamente, poniendo las palmas de sus manos sobre la mesa como si tuviese miedo de tocarme. "Y nos disculpamos si somos demasiado pesados. Es solo—"

"Sabemos lo que queremos", terminó Dash. "Hemos

estado esperando mucho tiempo para encontrar a La Indicada, y tú lo eres, muñeca".

Uau. Vaya. No me esperaba eso. Las palabras fueron imposibles de ignorar. Tenían un efecto físico en mí, haciendo que mi pecho se apretara y que mi corazón latiera más rápido. Unas palabras hermosas, pero eso no cambiaba nada. Sabía de lo que estaban hablando—la forma Bridgewater. Querían que me estabilizara. *Estabilizarme*. Palabra que me hacía temblar sin importar lo mucho que amaba pensar en estar con ellos. Que me protegieran tanto como quisieran. *Ser* querida.

"Supongo que ustedes piensan que debería renunciar, ¿cierto? Regresar aquí y solo tirar todo. Quizás ser una mesera como Jackie". Me reí suavemente pero no había humor aquí. Ellos querían que renunciara a una parte de mí para que estuviésemos juntos. Ellos simplemente no entendían. Nadie lo hacía. "Únete al club".

La mano de Jackson cubrió mi barbilla y me volteó suavemente para que lo mirara. "Eso no es lo que estamos diciendo en lo absoluto. Y no nos compares con tus padres".

Me quedé mirándolo, frente arrugada. Se veía tan sincero. Volteándome para mirar a Dash, vi que estaba asintiendo en acuerdo. "Te lo dijimos antes. Nunca te pediríamos eso. Claramente amas lo que haces y apoyamos eso en un cien por ciento".

"Estamos orgullosos de tus logros", añadió Jackson, dándole un saludo rápido a alguien del otro lado de la sala.

¿Orgullosos de mí y de mi trabajo? Eso le tomó a mi cabeza y a mi corazón un momento para procesar. Finalmente, me aclaré la garganta.

"Pero ustedes quieren que me quede", aclaré. "Y están molestos porque voy a viajar otra vez".

"No nos importa que viajes", dijo Dash lentamente,

tomó un sorbo de su cerveza para pausar. "Solo queremos asegurarnos de que estés a salvo cuando lo hagas. Pensar que estás en peligro..." Su voz se apagó mientras negó con la cabeza, como si el mismo pensamiento era demasiado horrible para hablar de ello. "Nos sentiríamos así si te tuvieses que ir a Brasil o a Butte. Demonios, incluso a la tienda en la 7, especialmente en esta época del año con las carreteras congeladas".

Su preocupación genuina suavizó la última de mis defensas y me recosté otra vez contra el pecho de Dash, enrollando su brazo a mi alrededor una vez más antes de tomar la mano de Jackson en la mía.

"Tienes un punto", admití. Tomó mucho de mí decir esto en voz alta pero ellos habían sido honestos conmigo, así que era lo mínimo que les podía dar a cambio. "Amo mi trabajo, pero no siempre me gustan las situaciones en las que me pone". Me estremecí con el recuerdo de los disparos en México.

Dash me besó la parte de arriba de la cabeza como para decir gracias por mi admisión. "Nunca te pediríamos que renuncies. Además, no me importaría ir contigo alguna vez, algún lugar tropical donde me pueda asegurar de que estás completamente cubierta de protector solar. Completamente cubierta, después sentarme y mirar tus hermosas líneas de bronceado".

Eso sonaba bastante bien.

Jackson apretó mi mano y me dio esa sonrisa despreocupada que me volvía loca. Demonios, sus besos me volvían loca. *Todo* sobre ellos me volvía loca.

"Solo queremos que regreses a nosotros entre tareas para que podamos mimarte y asegurarnos de que estás a salvo y saludable. Queremos compartir nuestras vidas contigo. Nuestro trabajo, el tuyo. Todo".

Me quedé mirándolo por un momento mientras Dash acariciaba el lado de mi cuello. A la mierda, eso sonaba demasiado bueno para ser verdad.

"Mientras vengas a casa y te metas en la cama entre nosotros, seré un hombre feliz", admitió Dash.

Hubo un silencio mientras procesaba eso, y supe que estaban esperando que respondiera. Pero mi atención fue atrapada por una figura familiar bailando por el tocadiscos al otro lado de la barra.

Me levanté tan rápido que accidentalmente golpeé a Dash en el abdomen con el codo, lo que lo hizo quejarse.

"¿Qué pasa?", preguntó Jackson. "¿Ves a alguien que conozcas?"

Sonreí al ver a Jackie riendo y bailando. "Podrías decir eso". Le di un empujón suave a Jackson. "Déjame salir, necesito saludar a mi hermana".

Jackson me ayudó a salir, pero se quedó atrás con Dash. Sonreí mientras caminaba hacia ella. No había tenido la oportunidad de verla aun desde que vivía con su prometido. Había estado amarrada con las preparaciones de la boda y yo—mi mente regresó a la forma en que mis hombres me habían esposado y ahogué una risa. Bueno, supongo que yo también estuve bien amarrada.

La espalda de Jackie estaba hacia mí y casi la había alcanzado cuando disminuí mis pasos. Estaba bailando, bien, pero no con su prometido. Conocí a Collin durante el verano y él era un chico alto, delgado y rubio. El hombre contra el que Jackie estaba bailando en la pista de baile era corpulento, calvo, y se veía más como un motorizado que como un vendedor de autos. Definitivamente no era Collin.

Ella se dio vuelta y alcanzó a mirarme. Sus ojos se pusieron cómicamente anchos y estalló en un chillido que hizo que todos en el lugar voltearan en nuestra dirección.

"¡Oh Dios mío!", gritó ella mientras me atrapó con un abrazo. "¡Mi hermana está aquí!"

"Ey, Jackie", dije, desenredando sus brazos de mi cuello cuando el abrazo de oso duró demasiado. "Es bueno verte".

Miré de ella al tipo motorizado que se movió para recostarse contra el bar y se tragó la mitad de una cerveza, su mirada nunca abandonó a mi hermana. O mejor, el trasero de mi hermana.

"Cómo, uh...¿cómo van las preparaciones para la boda?", pregunté.

Puso los ojos en blanco. "Ugh. Ni siquiera me hables de la boda. Desearía que ya se hubiese acabado".

Huh. Bien. Esa no era exactamente la respuesta de novia feliz que esperaba. Pensé que iba a chillar sobre su vestido o el pastel o algo. Incluso la luna de miel.

"¿Todo está bien contigo y Collin?", pregunté, mi mirada moviéndose de nuevo significativamente hacia Baldie en el bar.

Jackie se encogió de hombros. "Sí. Todo bien. Como sea. Lo mismo de siempre, lo mismo de siempre".

¿Lo mismo de siempre, lo mismo de siempre? Qué romántico.

"Oh ¿él? Él solo está en el pueblo por unos días. No significa nada". Se acercó y susurró en mi oído: "Deberías ver su pene. Gigante".

Asentí. Seguro. Un pene grande. ¿Un baile atrevido con un extraño días antes de su propia boda no significaba nada?

Puso los ojos en blanco. Cuando sonó una nueva canción, comenzó a mecerse con la música. "No me des esa mirada, hermana. No es la gran cosa. A Collin no le importaría si estuviese aquí". Resopló y su tono estaba lleno de burla. "Probablemente él ni siquiera lo notaría".

Reconocí ese tono. Sonaba exactamente como mi madre

cuando hablaba de mi padre. Mi estómago se hundió. Jack se recostó hacia atrás y preguntó: "¿Necesitas un trago? Déjame traerte una cerveza".

No respondí. La revelación me golpeó por la cabeza como una tonelada de bloques. A la mierda. Jackie se estaba convirtiendo en lo mismo que mis padres. Se iba a casar con Collin y parecía que ni siquiera lo amaba. No si ella *vivía* con él mientras se familiarizaba con un gran pene que acababa de pasar.

Era demasiado deprimente para usar las palabras. Los minutos pasaban mientras me quedaba ahí de pie en el medio de la pista de baile observando a mi hermana ordenar mi bebida, después olvidó traérmela. Vi a Baldie charlando con ella y a pesar del hecho de que mi bebida estaba enfrente calentándose, Jackie se rio y coqueteó. Después la mano de él se movió a su trasero y fue más que coquetear.

Pobre Collin.

Pobre Jackie. Quizás no era su culpa. Quizás era culpa de mis padres por criarla para tener tan poco respeto por los votos del matrimonio y el compromiso. Por amor. Por *criarnos* de esa manera. Después de todo, yo fui criada en la misma casa. Por supuesto, yo no había engañado a nadie—todavía no—pero había pasado parte de mi vida adulta huyendo del compromiso, así que quizás yo no era mejor.

Quizás si alguna vez me enamoraba, terminaría exactamente como el resto de mi familia. Fría y amargada.

O indiferente. A Jackie no le importaban los sentimientos de Collin. No le importaba *él*.

Dios. Yo era así. Yo tenía un rollo de una noche y me marchaba. No me importaba el chico con el que estaba cuando salía el sol. Incluso con Dash y Jackson, me divertí con ellos en Minneapolis y me marché. Sin despedirme. No me importaron ellos o sus sentimientos.

En el fondo, siempre había sabido que eso era exactamente lo que pasaría y por eso era que huía del amor. Prefería vivir una vida sin amor por mí misma que estar atrapada en un matrimonio miserable. O lastimar a alguien como mis padres se lastimaban el uno al otro. O como Jackie lastimaría a Collin eventualmente una vez que tuviera su anillo.

La rabia me atravesó veloz y feroz. Rabia hacia mis padres por criarnos para ser así. Rabia hacia Jackie porque no le importaba el amor lo suficiente. Rabia hacia Louise por su parte en el plan de emparejamiento que ella y sus amigas armaron. Quiero decir, ¿esposas?

Ella sabía cómo era el resto de la familia y debería saber mejor que nadie que yo no era capaz de amar…no ese tipo, al menos.

Sentí una mano reconfortante en mi hombro y otra en mi cintura, sorprendiéndome. La sensación de esos tactos cálidos e íntimos trajo lágrimas a mis ojos. Parpadeé rápidamente, maldiciendo el estúpido surgimiento de emociones. Nadie quería ser *esa* chica, la que lloraba en el bar. Y ni siquiera estaba ebria. No, estaba *demasiado* sobria.

"¿Quieres irte de aquí?", murmuró Jackson en mi oído, lo suficientemente cerca para ser escuchado por encima del tocadiscos.

La sensación de su barba me sacó de mis pensamientos. Asentí. "Sí, por favor".

Los dejé guiar el camino. Debí haberme despedido de mi hermana, pero no podía obligarme a enfrentarla en este momento. Ella solo tenía interés en Baldie y además, la vería en la cena de ensayo. Quizás entonces podría obligarme a hablar con ella sin revelar mi decepción.

Dash sostuvo mi abrigo y mientras me lo ponía, abrió la puerta trasera. Un viento frígido vino de la calle y arrastró mi cabello a mi cara. A pesar de que la acera estaba libre de nieve, pilas de esta llenaban la carretera.

"¿Quieres ir a casa?", preguntó Dash, preocupación escrita por todas sus hermosas características.

Negué con la cabeza rápidamente, una imagen de mis padres discutiendo me hizo querer llorar otra vez. "No puedo volver ahí en este momento".

Jackson me dio una pequeña sonrisa, me dio una palmadita en la nariz. "Él no se refería a la casa de tus padres. Se refería a la nuestra".

"Oh". Pensé en lo segura y contenta que había estado en su cama esta mañana. Y a pesar de que sabía que no era lo correcto, les dije: "Sí, eso suena genial".

10

ASH

Me preocupé por Avery durante todo el camino a casa. Los dos lo hicimos. Había mantenido un ojo en la carretera y otro donde yacía ella entre nosotros. Capturé a Jackson mirándola también, uno de sus brazos enrollado firme alrededor de ella cómodamente.

No vimos ni escuchamos nada de lo que había pasado con Avery y su hermana pero por las secuelas estaba claro que lo que sea que haya sido, realmente la sacudió. Se veía distraída mientras jugaba con uno de sus anillos, girándolo en círculo mientras íbamos en silencio.

"¿Tienes hambre?", preguntó Jackson una vez que la llevamos adentro.

Ella se encogió de hombros y cuando él se encontró con mi mirada, también me encogí de hombros.

"Prepararé un bocadillo". Fue a la cocina y lo escuché sacando cosas del refrigerador. La llevé a la sala, saqué un poco de madera de la cesta y encendí el fuego en la chimenea.

"Este lugar es bonito", dijo ella.

Encendí una cerilla, lo puse debajo de unas astillas, observé como lo tomaba.

"Es tan..." Se encogió de hombros y pasó una mano por el manto con su línea de fotos familiares enmarcadas. Finalmente, terminó: "Es tan acogedor".

Me reí, me puse de pie, rasqué la parte posterior de mi cuello. "Acogedor, ¿ah? Eso no grita masculino exactamente".

A pesar de que había pasado la noche aquí, no le dimos demasiada oportunidad de mirar todo además de la cama de Jackson.

Llevó su cabeza hacia atrás con una risa. El sonido hizo que se aliviara un poco mi ansiedad. No podía estar sintiéndose tan mal si se podía reír así.

"¿Estás segura de que no quisiste decir rústico? ¿Tosco, quizás?", bromeé.

Acercándose a mi lado, enrolló un brazo alrededor de mi cintura y me miró, se metió el cabello detrás de la oreja cuando le cayó en el rostro. "Mmm. No, me quedo con acogedor".

Fingí ofensa y me apretó, dejando caer su cabeza contra mi pecho en una forma que me hizo suplicar para que ella estuviese lista para el siguiente paso. No podía esperar para decir las palabras *Te amo* y quizás incluso escucharla a ella decirlas. Yo era un hombre de Bridgewater completamente y callarme esto me estaba matando. Ella era La Indicada y estaba jodidamente contento de que la encontráramos en el aeropuerto.

"Acogedor es perfecto", dijo ella. "Este lugar se siente como un verdadero hogar".

El sonido de los troncos crepitando por el fuego creciendo sonaba bien y el calor contra mis piernas se sentía...acogedor. Especialmente con Avery en mis brazos. Quizás era acogedor ahora que ella estaba aquí.

Sonreí mientras besé la parte de arriba de su cabeza. "Bien. Me alegra que te guste porque esperamos que hagas de esto tu hogar algún día también".

Su cabeza se echó hacia atrás y reprimí una maldición por mi estupidez. No debí haber presionado el asunto, no ahora cuando obviamente ella se sentía vulnerable e incluso más propensa a irse. Sí, ella era una corredora, eso estaba jodidamente seguro.

Nos giramos con el sonido de la queja de Jackson viniendo de la puerta de la cocina. "Olvida que dijo eso", dijo él, su encanto relajado llegando en el momento perfecto. No tenía bocadillos en la mano, así que asumí que había escuchado nuestra conversación y los abandonó.

Pude sentir el cuerpo de Avery relajarse mientras él se movía hacia nosotros con una sonrisa. "Como probablemente te has dado cuenta, Dash no es exactamente muy sutil". Hizo una pausa lo suficientemente larga para darme una mirada de advertencia.

Punto tomado.

Se volteó hacia Avery otra vez.

"Además, no es como que te vamos a esposar a nuestra cama o algo".

El sarcasmo la hizo sonreír.

"Esta noche no es sobre tratar de convencerte de estar con nosotros a largo plazo. Solo queremos mostrarte lo que puede ser estar en casa con nosotros. Una noche agradable y normal adentro".

Se salió de mi abrazo, cruzando sus brazos por encima de su pecho mientras se movía alrededor de la habitación.

Hubiese pensado que estaba estudiando las fotografías y adornos si no hubiese escuchado su risa corta y sin humor. "¿Normal para quién? Nada sobre esta casa es normal en mi mundo".

Jackson y yo compartimos una mueca.

"¿La fiesta de tus padres anoche?" Se volteó para mirarnos con cejas levantadas. "Eso no fue normal". Estaba comenzando a ponerse nerviosa mientras caminaba. "¿La familia cariñosa que me recibió en su casa con los brazos abiertos? Nada normal". Girando para enfrentarnos una vez más, hizo un gesto salvajemente hacia Jackson, a ella misma, y después a mí. "*Esto*...lo que sea que sea...no es normal. Ustedes están siendo demasiado buenos conmigo. Esperan cosas de mí como si..."

Esperamos que terminara su reclamo y cuando no lo hizo, Jackson la animó. "¿Como si qué, cariño?"

Sus ojos miraron a los míos y me estremecí ante el dolor que vi ahí.

"Como si soy capaz de dárselo a ustedes".

Me moví hacia ella, envolviéndola en mis brazos y atrayéndola hacia mí otra vez. Haría casi cualquier cosa para evitar ver esa mirada en su rostro otra vez o el dolor en sus ojos. "Muñeca, tienes más amor en tu corazón que cualquiera que haya conocido".

Estaba rígida contra mi pecho pero la escuché resoplar. Sabía que estaba escuchando, y sabía que quería creer. Ella *quería* amor, quería todo lo que dijo que no era normal. Demonios, ella solo quería un nuevo *normal*. Estaba justo aquí, solo tenía que tomarlo. Elegirlo.

Elegirnos.

Jackson se movió a su lado, acariciando su cabello. "Tú no eres como tu familia, Avery. *Nosotros* no somos como ellos". Él soltó una pequeña risa. "Demonios, nadie más en

Bridgewater es como ellos. Puedes elegir estar en una relación completamente diferente a la de tus padres".

Negó con la cabeza contra mí y apenas la escuché murmurar algo sobre que su hermana era como ellos. Jackson y yo compartimos una mirada. Así que eso era lo que había comenzado esto.

"Tú no eres tu hermana, muñeca. ¿Asumo que el tipo con el que estaba no era su prometido?"

Negó con la cabeza contra mi pecho.

Maldición. No había duda de a dónde se dirigían esos dos después de unos cuantos tragos. Suspiré.

"Puede que no seas capaz de detener a tu hermana de seguir los pasos de tus padres, pero eso no significa que estás destinada a lo mismo".

Amaba tenerla en mis brazos, amaba la sensación suave y cálida de ella, pero era tan fuerte e independiente, estaba dividido entre estar emocionado de que buscara comodidad en nosotros dos y triste porque le estaba costando tanto aceptarlo.

"Tú mereces más que eso", dijo Jackson con firmeza.

Ella retrocedió otra vez, pero lentamente esta vez. Miró entre nosotros, pero no se estaba escapando. "¿Cómo lo sabes?" Confusión genuina llenó sus ojos mientras dio otro paso atrás. "No lo entiendo. ¿Por qué ustedes me quieren? Por todo lo que saben yo podría ser como ellos, hastiada de relaciones e incapaz de comprometerme y—"

La corté con un beso. "No eres ninguna de esas cosas".

"Pero ¿cómo lo saben?", insistió ella. "Me escapé de ustedes en Minneapolis, justo como lo hará Jackie con ese motorizado en la mañana. Nunca he estado en una relación de verdad. Ni siquiera sabría cómo. Por todo lo que sé, sería justo como ellos y—"

"¿Estás saliendo con alguien más a parte de nosotros en este momento?", interrumpió Jackson.

Lo miró fijamente por un segundo antes de poner los ojos en blanco. "Por supuesto que no". Después su boca se levantó en el comienzo de una sonrisa. "¿Cuándo tendría tiempo? O estoy con ustedes o descansando de lo que hicimos juntos".

Jackson sonrió. "Y tú dijiste que nunca antes habías estado en una relación de verdad, ¿cierto?"

Asintió.

"Entonces, ¿por qué no serías capaz de comprometerte?" Jackson dio un paso hacia ella y enrollé un brazo alrededor de ella desde atrás.

Retomé lo que estaba diciendo. "Ser capaz de comprometerse no es un gen hereditario", dije. "Es una elección. Tú puedes decidir si quieres ser como ellos o si quieres usar esa experiencia como una guía de lo que *no* quieres en una relación. Podrías aprender de ellos y tomar decisiones diferentes. Mejores decisiones. Además, es fácil comprometerse cuando es con la persona indicada".

Jackson asintió en acuerdo. Se puso de pie justo enfrente de nuestra chica, sus manos cubriendo sus mejillas. "Cuando Dash y yo te vimos, vimos ese gran corazón tuyo. No hay duda en nuestras mentes de que tú serías la esposa y madre más leal y cariñosa que dos hombres podrían esperar tener".

No pude evitar reírme. Inclinándome suspiré en el oído de Avery, lo suficientemente alto par que Jackson escuchara. "Me gustaría notar para que conste que fue Jackson el que mencionó matrimonio e hijos esta noche. No yo".

Se rio y amé el sonido. "Debidamente anotado".

Jackson pretendió fruncir el ceño, pero sabía que estaba tan feliz como yo de escuchar su risa otra vez.

Sentí su espalda expandirse y contraerse mientras respiraba profundo. "¿Ustedes de verdad piensan que yo tengo lo necesario para comprometerme, eh? ¿Y están dispuestos a apostar en eso?"

"Muñeca, pondríamos nuestro dinero por ti cualquier día de la semana".

Apreté mi antebrazo que estaba alrededor de su cintura en agradecimiento.

"Es una elección, cariño", añadió Jackson. "Solo estamos esperando que escojas estar con nosotros".

Su silencio duró tanto que comencé a preocuparme de que la hubiésemos presionado demasiado. No hubiese estado sorprendido si dijera que necesitaba un poco de tiempo para ella misma esta noche. Pero en vez de eso, su tono fue bajo y sexy cuando se volteó a medias para mirarnos a los dos. "¿No se necesitan las esposas?"

Toda la sangre en mi cuerpo fue directamente a mi pene.

"No se necesitan las esposas", confirmé. "*Si* eres una buena chica".

"¿Qué obtengo si soy buena?", preguntó ella.

"¿Qué te parece un tapón más grande y una buena follada?", preguntó Jackson.

"¿Y si soy mala?"

Ella era una atrevida. En vez de responder, me doblé hacia abajo y la lancé por encima de mi hombro. Jackson se apartó del camino para que no lo sacaran. Ella se rio por todo el camino por las escaleras mientras Jackson pretendía perseguirnos. Le di un azote en su trasero vestido con pantalones y supe que le gustaría lo que sea que lo hiciéramos, chica mala o no.

11

VERY

Mientras sorbía mi copa de vino barato en la recepción de la boda de mi hermana, hubiese preferido estar en cualquier otro lugar. En la cama con mis hombres era la opción más atractiva y una que hacía que mis bragas se humedecieran.

Sí, estaba loca porque pensaba en ellos como *mis* hombres.

Estaban aquí, en algún lugar, pero tuve que dejarlos atrás para ir y hacer las fotos familiares ridículas. Les dije a mis padres que los iba a traer como mis citas y ninguno de ellos tuvo una razón para negarse, o discutir. Querían que saliera con un buen hombre de Bridgewater y les estaba dando dos. Mientras que no hiciera nada vergonzoso, no parecían molestarme sobre eso.

Incluso el fotógrafo se veía deprimido por la forma en que mis padres se estaban comportando. Estaban de pie discutiendo y peleando hasta que el fotógrafo dijo "queso" y entonces rompieron en sonrisas falsas para la cámara. Mi hermana y Collin también la estaban fingiendo, aunque a un menor grado. Una excavación silenciosa aquí, un suspiro no tan tranquilo de molestia allá. Una y otra vez. Lavar, secar, repetir.

Los hermanos del novio y yo nos pusimos a los lados, entrando en el marco cuando el fotógrafo nos hizo señas pero casi ignoró a los demás. Lo cual significaba que no podía hacer nada más sino pararme cerca y observar a mi familia en toda su gloria disfuncional.

Negué con la cabeza, recordando lo que los chicos habían dicho sobre elegir ser diferente. No tenía que permitir que la relación tóxica de mis padres me definiera. Podía escoger un patrón diferente, respetar a los hombres con los que elegí estar. Que me gustaran ellos como personas. Como amigos. Como amantes, incluso. Podía *amarlos*.

Era una elección. En vez de quedarme en mis tacones que estaban comenzando a pellizcar los dedos de mis pies y obsesionarme en los métodos irritantes de mi familia, intenté contar mis bendiciones.

El pastel de la boda había estado sorprendentemente bueno. Mi Tía Louise había sido una excelente acompañante en la cena de ensayo de anoche. No me dejaron llevar una cita, mucho menos a dos—las reservaciones habían sido hechas hace mucho—así que Dash y Jackson no estuvieron a mi lado para hacerme compañía. Tuve a mi tía en mi esquina, tomando el papel no oficial de los chicos de amortiguadores entre mi familia y yo. La Tía Louise fue una gran diversión y nos dio una gran oportunidad de ponernos al día.

Por supuesto, mi persistente tía había pasado la mayor parte de la conversación intentando conseguir detalles de mí sobre lo que pasó con Jackson, Dash y las esposas—lo cual me negué a compartir—pero aun así era divertido sin embargo.

Hubiese pagado dinero para tenerla a mi lado para que me distrajera de la sesión de fotos del infierno. Capturé a mi hermana haciendo ojos sexys hacia el otro lado del salón a algún chico que no reconocí, pero que de seguro no era su esposo. Era el día de su boda, por el amor a dios, ¿qué estaba mal con estas personas?

Tomé un largo sorbo de mi vino e intenté concentrarme en lo positivo otra vez. El Dj no apestaba totalmente, colocando más que lo que le gustaba a mi hermana, Country. Y lo mejor de todo, conocí a algunas personas que querían hablar conmigo sobre mis escritos.

Parecía que Rory y Cooper de la fiesta de navidad de los Wray fue contada a algunos amigos suyos que dirigían un rancho local de huéspedes. Había escuchado del Desembarque de Hawk, pero nunca me había quedado ahí. Sí sabía dónde estaba y el entorno era perfecto para una escapada. Aparentemente, los pilotos de helicóptero habían hablado de mis alabanzas porque los dueños, Ethan y Matt, estaban ansiosos por escuchar cómo podía presentar su rancho en un próximo artículo.

Crecían hombres grandes en Montana porque el dúo era tan grande como Dash y Jackson. Su esposa, Rachel, se puso de pie entre ellos, y como ella les llegaba a los hombros, solo acentuaba su tamaño. Claramente embarazada, estaba súper hermosa en un vestido a la cintura de terciopelo.

Rachel mencionó la idea a unos cuantos en la industria del turismo—ella era la gerente de oficina del rancho de huéspedes—y estaban teniendo lluvia de ideas sobre comenzar una revista que estuviese dedicada completamente al turismo en Montana. Todos parecían pensar que había un mercado para esto y la idea había tomado fuerza y estaba comenzando a crecer. Incluso ahora, con la ridiculez de mi familia en el frente y en el centro, sentí esa corriente de adrenalina que siempre venía con una nueva idea de historia. Y no tenía que ir a Brasil o México o incluso a Tailandia para ello. Vino a mí en la recepción de la boda de Jackie.

Concéntrate en eso, me dije a mí misma. En todos los artículos que podían ser escritos sobre este hermoso estado y estas personas fascinantes.

Pero tan pronto como tuve la lluvia de ideas, estalló una guerra total entre mi madre y mi padre que hizo que los hermanos del novio corrieran. Mi hermana y Collin se metieron en el acto, Jackie tomando el lado de mi padre y Collin tomando el de mi madre. ¿Sobre qué? Era difícil saberlo. A juzgar por los niveles de volumen, uno podría haber adivinado que mi madre acababa de acusar a mi padre de asesinato. Pero una vez que sus palabras comenzaron a ser registradas, estuvo claro que esta batalla en particular tenía que ver con la cantidad de licor consumido.

La sangré me hirvió ante su grosería y estaba completamente avergonzada de estar relacionada con ellos. Luché contra la urgencia de lanzarme en la mezcla para poner un final a esta escena que estaban causando. Pude haberlo hecho, pero mis chicos se acercaron y salvaron el día. ¿La boda? Insalvable.

"Ven aquí, muñeca", dijo Dash mientras enrollaba un brazo alrededor de mi cintura y me apartaba de la discusión. "Esto no es tu problema".

Jackson caminó al lado de nosotros, su sonrisa ya distrayéndome de mi rabia. "Te hemos extrañado, cariño. Hemos estado esperando que termines tu charla de trabajo para poder llevarte a la pista de baile".

Una parte de mi tensión se derritió mientras mis chicos se hacían cargo de mí. No estaba sola en este. ¿Y mi familia? Ellos podían ser miserables sin mí.

"No sé si estoy lista para bailar todavía". Levanté mi casi vacía copa de vino y levanté mi pie en el aire y meneé mi tobillo. "Los pies me están matando. Quizás otro trago primero para relajarme y calmar los dedos de mis pies".

Jackson se inclinó cerca, me dio una ligera sonrisa. "Tengo una mejor forma para que se calmen los dedos de tus pies". Él y Dash compartieron una mirada mientras él sacudió su cabeza hacia el pasillo dirigiéndose al vestíbulo principal y lejos de la recepción.

Dash cambió el rumbo instantáneamente hacia los baños y habitaciones de abrigos.

Jackson se movió delante de nosotros, mirando alrededor furtivamente como si fuésemos espías en una película de capa y espada. Me reí ante su ridiculez. "¿A dónde me llevan chicos?"

Jackson asintió a Dash y lo siguiente que supe fue que fui arrastrada a sus brazos—con vestido horrible de dama de honor y todo—y llevada a la habitación de abrigos del hotel. "¿Qué—"

"Shh", murmuró Jackson.

Dash me bajó finalmente y quedé presionada entre los dos en la pequeña habitación. Filas y filas de los abrigos de los invitados de la boda llenaban el espacio. Él agarró mi mano, me llevó a la última fila y hacia la esquina trasera donde no podía ser vista, no es como si hubiese alguien cerca.

"Obviamente necesitas relajarte", dijo Jackson, sus manos acercándose a masajear mis hombros mientras sus labios se movían por mi cuello. Su barba hizo cosquillas en mi piel y me estremecí.

La sonrisa de Dash era pervertida mientras se ponía de rodillas enfrente de mí. "¿Quieres relajar tus dedos, muñeca? Te daré un tranquilizante de dedos. Pero tienes que quedarte quieta. Tu placer solo puede ser visto y escuchado por nosotros".

Escuché la risa suave de Jackson mientras jadeaba con incredulidad, cuando las manos de Dash levantaron mi horrible vestido esmeralda más y más arriba de mis muslos. No lo harían. No podrían—

Dash lo había enrollado alrededor de mis caderas en cuestión de segundos.

Oh sí, ellos podían.

La mirada de Dash se incendió mientras tomaba mis medias hasta los muslos y bragas negras de encaje. "Sostén ese vestido arriba para mí", dijo él, sus ojos oscuros sin dejar mi centro nunca. "No lo bajes o no te vendrás hasta que te llevemos a casa".

Gemí al pensar en eso, pero cuando sostuve el vestido para él y sus dedos recorrieron el borde de las medias para tocar ese lugar de piel sensible, él gruñó.

Gracias a dios que me había vestido con la intención de tener sexo. Este pequeño episodio no hubiese estado ni cerca de sexy si hubiese estado usando Spanx.

Pero como estaba, estaba jodidamente excitada al mirarlo en su traje negro y de rodillas delante de mí, sus manos grandes y fuertes sobre mi delicada lencería. En movimiento rápido, haló mis bragas hacia abajo alrededor de mis rodillas, haciéndome gemir en anticipación.

Jackson se las arregló para deslizar la parte de arriba de mi vestido a mi cintura durante el masaje de hombros y ahora sus manos estaban cubriendo mis senos, pellizcando mis pezones mientras Dash se inclinaba hacia adelante y clavaba su boca sobre mi vagina.

Oh, ¡a la mierda! Grité y después apreté la boca cerrada. Yo era una gritona. Ellos sabían eso y estaba agradecida por la cantidad de abrigos y chaquetas para amortiguar mis sonidos.

"Alguien de la fiesta de la boda podría venir en cualquier momento y encontrarnos aquí", dijo Jackson, su respiración ventilándome todo el cuello. El peligro de solo eso me tenía cerca de venirme—o puede que hayan sido la lengua y dedos pervertidos de Dash.

Mi cabeza se recostó hacia atrás sobre el hombro de Jackson mientras Dash lamía mi clítoris.

"Me voy a venir", suspiré.

"Buena chica", dijo Jackson mientras la mano libre de Dash agarraba mi trasero y me atraía hacia él incluso más cerca. Mientras Dash tenía su boca sobre mi vagina, Jackson tenían su boca sobre la mía, tragándose mis sonidos de placer. Y cuando Dash curvó un dedo bien profundo dentro de mí y presionó contra mi punto G, Jackson sofocó mi grito de alivio. El aroma de mi excitación llenó la esquina trasera de la habitación de abrigos. Estaba sudada y caliente, mi respiración viniendo en jadeos. Me sentía tan bien. Tan saciada y relajada. Ellos podían arrastrarme para hacerme eso en cualquier momento que quisieran.

Cuando abrí mis ojos, Dash se levantó a sus pies, usó el dorso de su mano para limpiarse la boca.

Le sonreí, subiéndome la parte de arriba de mi vestido. "Tenían razón. Eso fue mucho mejor que el vino. Estoy totalmente borracha en sus orgasmos".

"¿Puedes sentir los dedos de tus pies?", preguntó Dash.

Negué con la cabeza.

Guiñó un ojo. "Entonces lo estaba haciendo bien".

¿Haciéndolo bien? Lo hubiese hecho mejor, estaría inconsciente.

"Mmm", dije, estirando músculos tensos anteriormente que ahora estaban livianos y relajados. ¿Y los problemas de mi familia? ¿Qué familia? "Eso era justo lo que necesitaba".

Jackson dejó un beso en mi hombro. "Cariño, siempre te daremos lo que necesitas".

"Pero ¿qué hay de ustedes?" Los miré en sus trajes frescos y cabellos cuidadosamente peinados. La barba de Jackson estaba ordenada y moría por ponerle mis manos encima y desarreglarla. Desnudarlos y quizás chupar sus penes. Se me hizo agua la boca ante la posibilidad.

"Una vez que me hunda dentro de ti, no voy a querer irme. Más tarde". Jackson meneó su pene en sus pantalones. "Quédate en la recepción tanto como lo necesites. Solo recuerda, cariño, tan pronto como te llevemos de vuelta a nuestra casa, tenemos planes".

Dash me miró oscuramente. "Montones de ellos".

12

VERY

Dos días después, me encontraba sola en mi habitación de la infancia reviviendo el episodio travieso de la boda. Era una mujer mundana pero ¿ser comida en un armario público de abrigos durante la boda de mi hermana? Esa fue la primera vez.

Pero no fue la última. Durante las últimas cuarenta y ocho horas, había sido follada de más maneras de las que podía contar, cada una más deliciosa que la última. Quizás Dash y Jackson estaba tan indispuestos a hablar como yo sobre mi próximo viaje porque no las arreglamos para evitar el tema completamente.

Hasta esta mañana cuando me dejaron en la casa de mis padres. Tuve un desayuno de despedida muy incómodo con ellos antes de que se fueran al trabajo, pero después del incidente en la recepción y el hecho de que había pasado el tiempo con Jackson y Dash desde entonces, era de esperarse. Después de que se fueron, fui hacia la habitación de mi infancia a empacar. Dejé el horrible vestido de dama de honor colgando en la parte posterior de mi puerta. No lo necesitaba en Brasil. O en cualquier lugar. Además, nunca volvería a ver al satén verde esmeralda de la misma manera otra vez.

Jackson y Dash ofrecieron venir y hacerme compañía mientras empacaba, pero los rechacé. Irme iba a ser lo suficientemente difícil, gracias a ellos. Persistir me mataría.

Me negaba a llorar por el hecho de que me iba de Bridgewater. Esto era lo que yo era. Esto era lo que hacía. Marcharme.

Y mis chicos entendían eso. No me presionaron a darles una cita cuando regresara. Solo me dieron una larga noche de múltiples orgasmos y me dejaron sin hacer una escena.

Siempre te daremos lo que necesitas.

Jackson tuvo tanta razón. Me dieron el alivio que necesitaba en la boda, y desde esa noche me habían hecho el amor enloquecedor que necesitaba para terminar este viaje con una nota alta. Y una vagina maravillosamente inflamada—y trasero.

Y a cambio, no hicieron ninguna demanda—además de ponerme de rodillas delante de ellos para chuparlos o doblarme en la cama para tomar otro tapón—ni me presionaron para hacer un compromiso para el que no estaba lista. Eran casi demasiado buenos para ser verdad.

Pero todo eso fue sobre sexo. Sí, tenían penes gigantes y sabían cómo usarlos. Decir que me habían arruinado para otros hombres probablemente era verdad. Pero ellos arruinándome no era por el sexo solamente. No, ellos eran unos chicos geniales. Amables. Divertidos. Inteligentes. Tanto más. La lista de adjetivos era interminable. La manera en que fueron con la familia de Jackson me mostró que se respetaban el uno al otro. No se burlaron ni discutieron solo para hacer miserables a los demás. Me demostraron que mis padres no eran la norma. Demonios, ellos eran tan jodidamente anormales.

Iba a extrañar *todo* sobre Dash y Jackson. Dios, iba a extrañar follar a esos chicos. Y acurrucarme con ellos. Y hacerlos reír. Y ser mimada por ellos. Escuchar las historias de sus pacientes, fuese un caballo albino o un hurón. Ni siquiera me había ido y me dolía el pecho. Me dolía justo alrededor del corazón.

Suspiré mientras lanzaba otra camiseta en la maleta. Está bien, era hora de enfrentarlo. Iba a extrañarlos, punto.

Pero regresaría. Solo no fui capaz de decírselo a ellos. Ellos no pidieron ningún tipo de compromiso. Era una conversación que podíamos tener otro día...como la próxima vez que estuviera de vuelta en Bridgewater.

Mi vuelo se iba en un par de horas para Atlanta y después a Río. Una vez allá, estaría fuera de radar mientras investigaba las personas indígenas en el Amazonas. No me molesté en comprar un boleto de regreso porque no sabía qué tanto duraría mi trabajo.

Los alojamientos de viaje tendían a ser poco confiables en el Amazonas.

Pensé en la forma en que me había despertado esta mañana, enrollada entre los dos, sintiéndome más segura y adorada de lo que alguna vez creí posible.

Una chica se podía acostumbrar a eso. Yo *quería* eso. Con ellos.

Así que sí, sabía que lo quería, pero ¿por cuánto tiempo? ¿Ya estaba lista para decir que quería estar con ellos para siempre? ¿Qué significaría eso? ¿Viviendo con ellos entre tareas y llamando desde la carretera? De alguna manera, no podía ver que eso funcionara a largo plazo. ¿Dash y Jackson realmente podrían ser felices conmigo revoloteando a un continente diferente cada semana? Ellos dijeron que lidiarían con eso, pero no quería atraparlos en una situación donde fueran miserables. Merecían a una mujer que pudiese estar ahí para ellos. Merecían a una mujer en su cama todas las noches. Alguien que los dotara tanto como ellos la dotarían a ella.

Ellos eran hombres de Bridgewater, ellos no tenían cosas casuales. Eran intensos y jodidamente seguros de sus sentimientos. Sobre mí. Nosotros.

Se merecían lo mismo de la mujer con la que terminaran.

Cerré mi maleta e intenté no detenerme en la incómoda sensación que se instaló en mis tripas. Estaba huyendo.

No. Estaba haciendo mi trabajo.

Estaba huyendo porque era *solo* un trabajo.

Sonó mi teléfono, interrumpiendo la batalla interna que me había estado volviendo loca toda la mañana. Tía Louise, probablemente llamando para despedirse. Ahora *ella* podía contar para darme el viaje de culpa que Dash y Jackson no me habían dado.

"Hola, Tía Louise", dije.

"Oh, Avery cariño, estoy contenta de haberte capturado a tiempo". Su voz sonaba extraña y dejé de empacar mis pertenencias.

"¿Todo está bien?", pregunté.

"Bien, bien", dijo ella, pero sonaba distraída. Entonces hizo un silbido y el teléfono se puso sordo. "Oh, es mi pecho", la escuché decir. "Se siente ajustado. Creo...puede que sea...mi corazón".

El pánico se instaló. Mi propio corazón me saltó a la garganta mientras salí corriendo de mi habitación y por el pasillo. "Oh Dios mío, ¿debería llamar al 9-1-1?"

Su voz estaba terriblemente débil. "Solo dile a Bev. Ella sabe qué hacer".

Beverly. ¿La mamá de Jackson? Por supuesto, ella era la mejor amiga de Louise. La adrenalina me golpeó y el miedo me puso en movimiento. "¿Estás en casa?"

"Sí, querida".

"Quédate ahí, Tía Louise. Voy para allá".

No tenía el número de Beverly así que le escribí a Jackson con dedos temblorosos mientras me apresuraba a mi auto rentado. Le dije que le dijera a su mamá sobre la Tía Louise. Él respondió instantáneamente que estaba en eso.

En camino a su casa, mi mente se fue a un lugar oscuro. ¿Y si estaba teniendo un infarto en el corazón? Mientras mi mente se aceleraba, encendí el Bluetooth del auto y llamé a mis padres y a mi hermana. Ninguno contestó—probablemente estaban en el trabajo—así que dejé mensajes de voz. Todavía me estaba preguntando si debí haber llamado a los paramédicos cuando llegué a la entrada de la Tía Louise.

La puerta estaba abierta y me apresuré a entrar para encontrarla sentada en su sofá sorbiendo una taza de té y luciendo demasiado feliz por completo. Y saludable.

"Tía Louise, ¿estás bien?", pregunté entre respiraciones jadeantes.

"Estoy bien, querida". No tenía la palidez enferma de alguien teniendo un infarto en el corazón. No estaba sudando ni respirando fuerte. Sus labios no estaban azules o presionados del dolor.

Me quedé mirándola por un momento mientras mi corazón regresaba a su ritmo normal. Parecía que yo era la única con problemas del corazón. "¿Qué fue eso en el teléfono? ¡Pensé que estabas teniendo un infarto!"

Le dio una palmada al sofá a su lado y me senté fuertemente, desabrochando mi abrigo y quitándome el sombrero. "Debe haber sido acidez por las sobras de la barbacoa picante. No debí haberlas comido de desayuno. Lamento preocuparte".

Pero no estaba arrepentida, no en lo absoluto. Reconocí esa luz centelleante en sus ojos, era la misma que había visto en la fiesta de navidad cuando ella y sus amigas estaban conspirando para que los chicos y yo admitiéramos que estábamos juntos.

No, ella no hubiese...

Por supuesto, hubo un golpe en la puerta. Ahí, en la puerta, estaban mis propios caballeros en armadura brillante. Ellos empujaron la puerta detrás de ellos y corrieron hacia nosotros. Dash llevaba su bata blanca de veterinario y Jackson tenía la etiqueta con su nombre en su camisa. Era obvio que salieron corriendo del hospital animal para buscar a la Tía Louise.

Mierda, se veían bien cuando estaban siendo heroicos. Dash se arrodilló enfrente de la Tía Louise y tomó su muñeca para chequear su pulso mientras Jackson me agarraba por los brazos. "¿Qué podemos hacer para ayudar?"

"Déjenme adivinar", les dije a ellos. "¿Su madre los mandó hasta acá?"

Me miraron, después le dieron una mirada asesina a la Tía Louise. Dash hizo una mueca después de dejar su muñeca. Jackson gruñó. "¿Nada de dolor en el pecho?"

Añadí mi mirada fulminante a las suyas pero la Tía Louise solo ofreció una sonrisa brillante y demasiado inocente en respuesta.

"¿Es en serio, Tía Louise? ¿Beverly y tú de verdad pensaron que podían hacer que me quedara si fingías una emergencia médica?"

Se encogió de hombros. "No fingí nada". Dándose una

palmada en el pecho, dijo: "Ahora si me disculpan, mejor me voy a tomar algún antiácido para esta acidez".

Puede que ella se las haya arreglado para engañar a alguien con esa pequeña actuación si no se hubiese detenido en su camino para susurrarle a Jackson: "Esta es la segunda vez que nos hemos metido para ayudar. Espero que ustedes lo tomen desde aquí".

Dejó caer su cabeza en sus manos mientras ella dejaba la habitación. "No puedo creer que cayéramos en esto".

"De verdad", dijo Dash, sentándose en el sofá que la Tía Louise acaba de desocupar. "Pero entonces, no me había esperado que tu mamá y sus amigas lo llevaran a este extremo. ¿Qué estaba intentando probar, de cualquier forma?"

Yo estaba tan irritada como ellos, si no más. Probablemente envejecí diez años en el camino a casa de mi tía. Pero sabía exactamente lo que ellas estaban intentando probar.

La Tía Louise y sus amigas querían que viera que Dash y Jackson siempre estarían ahí para mí. Que ellos vendrían corriendo cuando sea que los necesitara, justo como yo lo había hecho por la Tía Louise. Que esto no era por el sexo. Esto era sobre mucho más. Mi garganta se apretó ante el pensamiento de ese tipo de lealtad—en el tipo de compromiso que demandaba a cambio.

No pensé cuando la Tía Louise llamó. Ella me importaba, me preocupé por ella y rompí cualquier ley en mi camino, olvidándome de todo menos de ella.

"Lo sentimos", dijo Jackson, viniendo a sentarse al otro lado de mí y me abrazo hacia él, su brazo alrededor de mi hombro.

"¿Por qué lo sienten?", pregunté, acercándome al tacto. Se sentía tan bien. Grande y fuerte. Dios, olían bien.

Supe en ese momento que si realmente hubiese habido

algo mal con la Tía Louise, él hubiese estado ahí para mí. Ayudándome con esto. Dash también.

"Ustedes no hicieron nada malo".

Negó con la cabeza. "Prometimos que nadie te presionaría a quedarte. No sé en qué estaban pensando, pero cuando yo—"

Lo corté con un beso. Me sorprendí a mí misma al hacerlo, pero estaba bien. Y se sentía tan bien. Sabía exactamente lo que ellas estaban intentando probar, pero era lo que yo ya sabía. La Tía Louise y la Sra. Wray y el resto de ellos no necesitaban abrirme los ojos para que viera lo impresionantes que eran estos hombres.

Ya yo lo sabía.

Si acaso, su pequeña lección tuvo el efecto contrario, porque en ese momento todo lo que podía pensar era...que yo no me merecía este tipo de lealtad. Ya estaba a un pie fuera de la puerta sin ninguna promesa de cuando estaría de regreso, pero aun así ellos vinieron corriendo cuando supieron que podía necesitarlos.

Se merecían a alguien que supiera cómo darles el mismo tipo de devoción a cambio.

Y esa no era yo. Yo ni siquiera sabría cómo. En este momento, todo lo que podía pensar era escaparme de todas las altas expectativas. Entre Dash y Jackson, su mamá, mi tía y sus amigas, podía sentir un peso instalándose sobre mí intentando agobiarme. Queriendo que fuera una persona más grande y mejor de lo que yo era. Querían que fuera como ellos, pero yo solo los decepcionaría.

Puede que no lo hiciera hoy, pero sucedería. Y les debía a ellos terminar esto ahora.

Con una sonrisa forzada, me despegué de su abrazo y me puse de pie. "Ese beso. Fue un adiós. Ustedes...se merecen, bueno, todo". Mi garganta estaba apretada y me dolía.

"Lamento correr, chicos. Tengo un avión que tomar. Pero los veré pronto, ¿cierto?"

Antes de que pudieran responder, me fui.

Estaba afuera, de vuelta en mi auto. Escapándome otra vez. Una parada rápida en la casa para buscar mi maleta y ya era libre.

Pero por primera vez en mi vida, irme de Bridgewater no se sentía como libertad. En vez de sentir que mi mundo se expandía, se sentía como si las paredes se estuviesen cerrando. Que una puerta a algo especial se estaba cerrando y era todo mi culpa.

Tres horas después, abordé mi avión en Bozeman y me dije a mí misma que para el momento en que llegara a Río, estaría de vuelta a la normalidad. Una vez que estuviera fuera de Montana, sería capaz de ver con claridad otra vez. Sería mi yo usual.

Justo como mis líneas de bronceado, ese dolor en el corazón se desvanecería. Tenía que hacerlo.

13

Jackson

La dejamos ir. Todavía no podía creer que simplemente la dejamos ir. Dash y yo no habíamos sido capaces de concentrarnos en cualquier otra cosa que el hecho de que solo observamos alejarse de nosotros al amor de nuestras vidas. Y nos dejó sentados en el sofá de su tía.

Desde que nos fuimos de la oficina y le dijimos a Chris en el escritorio de enfrente que reprogramara el resto de las citas del día, terminamos en el restaurante. Perdidos.

Estaba abarrotado cuando llegamos, pero ahora solo unas pocas mesas estaban llenas y la dueña, Jessie, estaba limpiando por el ajetreo de la tarde. No teníamos ningún lugar a donde ir así que Dash y yo nos entretuvimos con trozos de pastel. Como si una elevación de azúcar fuese suficiente para ayudar con esta horrible sensación vacía adentro.

"Debimos haber ido al Perro que Ladra en vez de aquí", dijo Dash. Se encorvó en el taburete enfrente de mí y picó el pastel de manzana. "Esto está bueno y todo, pero un whiskey estaría mejor. Una maldita tonelada de eso".

Solté una risa a medias que se convirtió en un suspiro. Después dije lo que había estado pensando desde que Avery corrió por la puerta de entrada de su tía. "No debimos haberla dejado ir".

Dash se quedó callado por un momento y vi la misma frustración en su rostro. Me apuntó con su tenedor. "¿Qué opción teníamos? No es como que podíamos sacar las esposas y amarrarla en nuestra cama para siempre". Su sonrisa rápida fue lamentable. "Por más atractivo que pueda sonar".

Sonreí al pensarlo. "Sí, lo sé. Me siento como una mierda. Quizás debimos haber hecho más".

Asintió. "Le dijimos cómo nos sentíamos. La follamos de seis maneras hasta el domingo. Ella sabe lo que es estar con nosotros. Lo que se está perdiendo. Demonios, lo que todos nos estamos perdiendo. Eso simplemente no fue suficiente. Desearía saber lo que la haría cambiar de opinión".

Me quedé mirando fijamente a mi apenas probado pastel, sabiendo que habíamos hecho lo correcto, pero odiándolo a la vez. "Necesitamos tener fe de que ella regresará a nosotros, supongo".

Dash asintió otra vez. "Lo hará. Tiene que hacerlo".

Esa era una buena idea en teoría. Fui criado toda mi vida para creer que el amor vencía todo. Que una vez que encontráramos a La Indicada, todo iría viento en popa. Pero ¿y si nuestra alma gemela no quería estar con nosotros? ¿Y si la idea de quedarse con nosotros la hacía sentirse atrapada? ¿Y si nuestra alma gemela estaba en camino a Brasil?

Sabía que los pensamientos de Dash se estaban dirigiendo en la misma dirección juzgando por la mirada melancólica en su rostro.

Nos sentamos ahí en un silencio miserable por tanto tiempo que terminamos siendo los únicos en el restaurante además de Jessie, y claramente ella se olvidó de nosotros. O vio la mirada en nuestros rostros y nos estaba evitando. Encendiendo la televisión del mostrador, ella tomó asiento y se sirvió una taza de café mientras doblaba cubiertos en servilletas de papel y hacía una pila.

"Si nos quedamos aquí el tiempo suficiente, puede que cerremos el lugar".

Dash se rio en voz baja. "Entonces tendríamos que ir al Perro que Ladra y cerrarlos a ellos también".

Levanté mi taza de café. "Trato. Ahogaremos nuestra pena en pastel, después en whiskey".

Antes de que pudiera tomar un sorbo a mi ahora frío café, Jessie se volteó hacia nosotros. "Ey, chicos, ¿no es ahí a donde está yendo su chica?"

Ella subió el volumen en el canal de noticias y Dash y yo nos quedamos mirando horrorizados mientras los titulares aparecían por la pantalla. *Brasil: Tribu indígena asesinada por mineros de oro*.

Había pocos detalles junto con algunas imágenes enlazadas de un río y bosques tropicales, pero una búsqueda rápida en nuestros teléfonos inteligentes nos dijo todo lo que necesitábamos saber.

Nuestra chica se estaba dirigiendo a los problemas. Sí, Brasil era un país gigante, más grande que los Estados Unidos. Sí, había toneladas de tribus indígenas en el Amazonas. Aun así. Avery no estaba a salvo si ahí era a donde se dirigía y cada instinto protector en mi cuerpo se sobrecargó.

Mi corazón estaba bombeando cuando Dash levantó la

mirada de la pantalla de su teléfono. Supe que estaba en la misma página pero la mirada de determinación en sus ojos oscuros lo confirmó. "Vamos a asegurarnos de que nuestra chica está a salvo", dijo él.

Ya me estaba levantando del taburete antes de que terminara de hablar. Dash colocó un poco de dinero en la mesa y nos retiramos de ahí. En el viaje al aeropuerto, busqué vuelos en mi teléfono y nos reservé boletos para Río vía Atlanta. Él último viaje a Atlanta partía en noventa minutos y por la forma en que pisó el acelerador, lo lograríamos.

"¿Cuál es nuestro plan cuando lleguemos ahí?", pregunté.

Dash negó con la cabeza. "No tengo idea. Supongo que buscaremos a Avery y nos aseguraremos de que está a salvo".

"Incluso si está a salvo, no querrá regresar con nosotros", le recordé. "Se fue una vez. Lo hará otra vez para cualquier otro lugar. Islandia, Irlanda. Demonios, incluso Iowa".

"Entonces nos quedaremos con ella en Brasil hasta que termine su tarea y esté fuera de peligro".

Cuando me miró otra vez había una pregunta en sus ojos. Él quería saber si estaba de acuerdo. Eso significaría posponer algunas citas en el hospital animal, pero podíamos hacer que funcionara. "Estoy contigo en esto", dije. "Nos quedaremos tanto tiempo como nos necesite".

No reafirmé lo obvio. Puede que ella no nos quisiera ahí. Pero nos quisiera o no, estaríamos ahí para ella. Siempre estaríamos ahí para ella.

∽

AVERY

. . .

Gracias a dios por mi escala en Atlanta. Si no hubiese tenido tan larga espera seguida por un vuelo retrasado a Brasil puede que nunca hubiese visto las noticias. No hasta que fuese demasiado tarde, al menos. Demonios, me estaba dirigiendo directamente a la zona de peligro.

Puede que los asesinatos no ocurrieran a donde yo me estaba dirigiendo...pero otra vez, era posible que ocurriera algo similar. Mi instinto me estaba diciendo que me mantuviese alejada, al menos hasta que las cosas se calmaran. Quizás, permanentemente. No tenía duda que recibiría una llamada de mi jefe diciéndome que cubriera los asesinatos, que investigara a los mineros de oro porque era una gran noticia. Sí, claro. Yo abordaba las piezas de viaje, no los eventos actuales. Especialmente no los eventos actuales *peligrosos.*

Podía rechazar este trabajo y...¿y qué? Sucede que conozco a dos chicos que estarían felices de verme si regresaba a Montana.

Oh, ¿estaba bromeando? Estaba aliviada de tener una excusa de regresar a Bridgewater. Mi corazón estaba suplicando por tomar el próximo avión hacia el oeste, hacia Dash y Jackson y mi tía y la familia acogedora de Jackson. Incluso mi cabeza se estaba metiendo en el acto. Por primera vez. Estaba demasiado ocupada pensando en todas las historias que podía escribir cuando regresara. Historias seguras sin mexicanos rebeldes o mineros de oro despiadados.

No solo sobre la compañía de helicóptero de Rory y Cooper o el Desembarque de Hawk, aunque esos serían un buen comienzo. Sino que tenía un millón de ideas. Suficientes para subirme a bordo con la idea de Rachel sobre la revista de viajes de Montana.

Mi pulso se aceleró al pensarlo. Comenzar una revista de la nada. Hacerla mía. Compartir las cosas buenas de Montana. Promover a mis amigos. Todo lo que extrañaba cuando estaba afuera por mi trabajo. No a mis padres, no. Ni a mi hermana. Cualquier otra cosa sobre Bridgewater era increíble. Podía mostrarle todo eso al mundo sin tener que irme. Miré hacia el área de la puerta, de repente ansiosa para agarrar el siguiente vuelo—y no a Brasil.

A Montana.

¿De verdad lo estaba considerando?

Sí, sí, lo estaba.

La agente de puerta detrás del mostrador me vio parada ahí, probablemente mirando a la nada como si estuviera perdida o drogada o algo. "Señora, ¿la puedo ayudar?"

Agitada por mis pensamientos, negué con la cabeza. "Um, no gracias. Mi vuelo a Río está retrasado, solo estaba chequeando la nueva hora".

Realmente estaba considerando irme a Bridgewater. De verdad y no por otra razón que porque quería hacerlo. Por primera vez en mi vida, estaba contemplando renunciar a mi estilo de vida nómada por una de estabilidad.

Uau.

Casi no me reconocía a mí misma. ¿De verdad quería regresar a Bridgewater? ¿Para quedarme? Yo nunca me quería *quedar* en ningún lugar. Yo era una corredora. Me escapaba. Evitaba. Siempre tuve ganas de viajar si me quedaba demasiado tiempo en un lugar.

Pero no lo había hecho...no durante este último viaje. Quizás finalmente había encontrado un lugar donde podía estar contenta.

Qué irónico que era el pueblo donde nací, el lugar que había pasado evitando la mayor parte de mi vida como una plaga.

Pero este viaje para la boda de Jackie había sido tan diferente. En el pasado, hubiese regresado sola. Me hubiese sentido sola mientras estaba ahí. Sola o al menos molestada y menospreciada por mis padres. Claro, había sentido el peso de la desilusión y la pasiva agresividad de mis padres, pero Dash y Jackson me habían mostrado que no tenía que tomarlo. Podía simplemente marcharme y habría otras personas que estarían ahí para mí. Para ser mis amigos. Amantes.

Me encontré a Dash y a Jackson en Minneapolis y tuve esa noche salvaje e increíble. Yo hui, no ellos. Ellos habían querido viajar a Bridgewater conmigo, pero yo no. Aun así, me buscaron.

Me querían a mí. Justo desde el comienzo.

Ellos apenas pasaban tiempo lejos de mí. Si no tuviesen que trabajar, tenía la sensación de que me mantendrían entre ellos todo el tiempo.

Mi corazón suplicaba por más días como los que habíamos compartido.

Quedarme no significaba comprometerme. Nada sobre la vida que Dash y Jackson me ofrecían se sentía como compromiso. Sí, sería menos nómada, pero no tenía que renunciar a mis sueños. Todavía podía tomar tareas de viaje ocasionales si realmente quería, pero también podía encontrar un nuevo rumbo para mis habilidades y mi experiencia. No necesitaba vivir en una maleta.

Podía dejar de escaparme y comenzar a vivir, haciendo lo que amaba mientras estaba con las personas que amaba.

Las personas que amaba.

Mi mente evocó un recuerdo de Dash y Jackson en la cama a cada lado de mí. Sus sonrisas rápidas, manos gentiles. Voces profundas, abrazos seguros. Espíritus dominantes.

Y yo sí que los amaba. De eso me había dado cuenta

hace un tiempo, incluso si fui demasiado cobarde para admitírmelo a mí misma.

Los amaba. Y ellos me amaban. No lo habían dicho, pero lo sabía. Lo *sentía*.

Y sí, todavía estaba paralizada por el miedo. Me quedé mirando a la pantalla de salidas como si la lista de vuelos pudiera tener las respuestas a los misterios del universo. O al menos, las respuestas a las preguntas en mi corazón. Viajeros pasaban cerca de mí, tirando del equipaje de mano, empujando maletas rodantes. Un anuncio sobre vigilar las pertenencias personales salió de las cornetas escondidas encima. El mundo se estaba moviendo a mi alrededor y aun yo estaba de pie inmóvil. Puede que haya viajado por el mundo, pero no había ido a ninguna parte.

Me permití un momento a mí misma para disfrutar esa sensación de amar—como una cobija cálida enrollada a mi alrededor—y sabiendo que el amor era correspondido.

Pero ¿yo le podía dar a Dash y a Jackson lo que necesitaban? ¿Lo que se merecían? ¿Realmente podía ser feliz en una relación comprometida? ¿Podía ser feliz viviendo en un lugar por la mayoría de mi tiempo?

Estaba sin aliento con emoción mientras la respuesta me golpeaba como una tonelada de ladrillos.

Sí, podía. De eso estaba segura. Pero ¿podía hacerlos felices? Por eso era que había huido. Para salvarlos de mí.

Junté mis manos y respiré profundo. De seguro que esperaba hacerlo.

La agente de puerta se metió en mis pensamientos una vez más. "Disculpe, ¿señora? Si necesita llegar a Río pronto, puedo reprogramarla en un vuelo más temprano con otra aerolínea que se va en una hora".

Me miró, esperando una respuesta, pero ninguna salió.

Aquí era. El tenedor en el camino.

Podía meterme en el nuevo vuelo o podía regresar a casa. Podía continuar con mi antigua vida como si mi relación con Dash y Jackson no hubiese ocurrido nunca. Estaría emocionalmente a salvo, si no físicamente. Podía regresar a mi mundo anterior de amoríos casuales y artículos de viaje de alto octanaje.

O podía regresar a Bridgewater, lo cual se sentía más como un hogar después de estar ahí la última semana de lo que lo había hecho nunca antes. Podía regresar hacia Dash y Jackson y tener una oportunidad en una nueva vida, una que sería aterradora en su propia forma...pero satisfactoria. Amada. Me encontré sonriendo como una idiota con el recuerdo de estar esposada a su cama.

Oh, eso sería tan satisfactorio.

La agente de puerta levantó sus cejas. "¿Señora?" Todavía estaba esperando y, lo más probable es que no, comenzando a pensar que era una lunática por tardarme tanto en responder.

Pero esto era un gran asunto, maldición. Una chica no cambiaba el plan de su vida en un capricho.

¿O lo hacía?

Demonios, me había construido una carrera en un capricho, lejos siguiendo mis instintos y confiando en mis instintos.

Bueno, mis instintos me estaban diciendo que comenzar una revista en Montana me daría el tipo de desafío que me había estado perdiendo como una periodista de viajes este último año o algo así. ¿Y mi corazón? Mi corazón me estaba diciendo que me quedara, sin peros al respecto. Me estaba diciendo que necesitaba quedarme si no quería perder a Dash y a Jackson para siempre.

Y yo quería estar con ellos para siempre.

Negué con la cabeza, le di una sonrisa brillante. "No necesito reservar un nuevo vuelo a Río".

Ella parpadeó. "Uh...está bien".

Caminé hacia el mostrador, me recosté. "Pero sí que necesito tu ayuda para que me reserves un nuevo vuelo". Sonreí y supe sin duda que estaba contemplando llamar a seguridad por mi loco trasero.

"Necesito que me reserves un vuelo de regreso a Montana".

14

 VERY

El próximo vuelo a Bozeman no era hasta la mañana. Por supuesto. Miré los asientos incómodos de respaldo rígido en la entrada y decidí que tendría mejor suerte para tener una siestecita en el suelo.

No es que como que sería capaz de dormir. Estaba demasiado nerviosa con emoción y terror. Sí, estaba asustada. No por los rebeldes mineros de oro o por los carteles de droga mexicanos. Estaba petrificado por mis sentimientos. Del amor que tenía por mis hombres. Si todavía me querrían después de dejarlos. Otra vez.

Se me había ocurrido que podía llamar a Dash y a Jackson, decirles que había cambiado de parecer, pero había recibido la contestadora.

Tuve que esperar que no estuviesen ignorando mis llamadas, pero esa era la paranoia pateándome. Me mordí el labio, pensando en ver sus rostros cuando apareciera en su puerta y les dijera que estaba de vuelta para siempre.

Coloqué mi equipaje de mano en el suelo y me preparé para instalarme en una noche larga. Solo abrí mi libro de bolsillo y comencé a leer cuando las puertas se abrieron y los pasajeros de un vuelo que llegaba salieron del túnel.

Dos bellezas salieron a zancadas de la puerta como si estuviesen en una misión.

A la mierda, no podían ser...

Pero estaban ahí, y estaban a punto de pasar por mi lado. Con ojos enfocados. Pasos rápidos. Determinados.

"¿Dash?", grité, poniéndome de pie. "¿Jackson?"

Mis chicos voltearon y a juzgar por sus ojos anchos y bocas abiertas, estaban tan sorprendidos de verme como yo lo estaba de verlos a ellos.

"¿Avery?", dijo Jackson mientras se movían hacia mí. "¿Qué estás haciendo aquí?"

"¿Yo?", pregunté, señalándome a mí misma. "¿Qué están haciendo *ustedes* aquí?"

Dash me atrajo a sus brazos antes de responder, su agarre tan ajustado que pude sentir su preocupación reprimida. "Vimos las malditas noticias y estábamos preocupados por ti, muñeca", dijo él, su voz cerca de mi oído. "Estábamos de camino a asegurarnos que estabas bien".

Me separé para poder ver sus rostros. Su preocupación, su amor...era abrumador. Mi garganta se cerró mientras las lágrimas llenaban mis ojos. Estos chicos que habían nacido en Bridgewater, habían dejado su hogar atrás, sus trabajos... sus vidas...solo para asegurarse de que estuviera bien.

Yo. La mujer que se había escapado sin una despedida apropiada, mucho menos cualquier tipo de promesa de regresar.

Jackson notó las lágrimas en mis ojos porque se acercó

más, su mano acercándose a mis hombros. "¿Estás bien, cariño?"

Cuando no respondí inmediatamente, Dash preguntó: "¿Qué tienes? ¿Qué pasó?"

Negué con la cabeza. "Nada, es solo..." Oh demonios, estaba llorando por completo ahora. "Solo estoy muy feliz de verlos chicos".

Se miraron el uno al otro por un segundo antes de abrazarme fuerte, enrollándome en un abrazo que me dejó sin aliento.

Cuando finalmente liberaron su agarre, Jackson cubrió mi rostro con sus manos. "¿Qué estás haciendo aquí en la puerta? ¿Qué le pasó a tu vuelo a Río?"

Antes de que pudiera responder, Dash preguntó: "¿El vuelo fue cancelado?"

Negué con la cabeza. "Retrasado, pero no me subí". Ante su mirada de confusión idéntica, expliqué: "Cancelé mi viaje a Río".

La cabeza de Dash se tumbó hacia atrás mientras suspiraba. Sentí la tensión reprimida abandonar su cuerpo. "Gracias a dios".

Jackson le lanzó una mirada de advertencia. "No es que juzgaríamos si siguieras con tu viaje. Solo estábamos preocupados".

Sonreí, me limpié las lágrimas de las mejillas con mis dedos. "Lo sé. Lo entiendo". Y lo hacía. Con estos chicos, nunca era sobre intentar controlarme a mí o mi vida. No detuvieron mi carrera ni degradaron mis elecciones. Pero se preocupaban por mí porque les importaba. La parte más increíble era que me amaban lo suficiente para que yo tomara mis propias decisiones a pesar de que estaban tan preocupados que se subieron a un avión para venir tras de mí.

"¿Te diriges a algún otro lugar?", preguntó Jackson.

Estaban escuchando atentamente, probablemente esperando a que lanzara una bomba sobre otro lugar exótico.

"Es para una tarea a largo plazo", dije, intentando fingir seriedad a pesar del hecho de que todo en mí quería saltar arriba y abajo con alegría.

"Oh sí, ¿a dónde ahora?", preguntó Dash. Su tono fue cauteloso, como si contuviera un juicio de si le gustaba o do dependiendo de lo que dijera.

Me mordí el labio. "Es un pequeño pueblo llamado Bridgewater, Montana". Miré de Dash a Jackson, absorbiendo cada detalle de su choque y emoción. "¿Alguna vez han escuchado de ese?"

Apenas logramos llegar hasta dentro del hotel antes de ser inmovilizada contra la puerta. La habitación de hotel era diferente, pero todo lo demás era lo mismo. Estaba ansiosa por estar con Jackson y Dash. Quería lo que sea que la noche trajera. Esta vez, sabía que no era solo por una noche. Era para siempre.

Fue Dash el que encerró su pene duro contra mí mientras Jackson lanzaba nuestras maletas al sofá.

Una vez que dejé claro que iba a tomar el próximo vuelo de vuelta en la mañana, mis chicos compraron boletos para el mismo vuelo antes de reservarnos en un hotel cercano.

Apenas había sido capaz de esperar a que llegáramos a nuestra habitación antes de acercarme a ellos, necesitando sentir sus cuerpos contra el mío. Ahora que mi decisión había sido tomada, necesitaba hacerlo oficial.

Quería mostrarles cómo me sentía, lo que quería. Pero también se merecían escuchar las palabras.

"¿Estás segura sobre esto?", preguntó Dash mientras agarraba mi trasero y me movía de la puerta para que los tres pudiésemos tumbarnos en la cama tamaño grande.

"Soy positiva", dije. Los dos se cernieron sobre mí, uno a cada lado.

Era ahora o nunca. Acercándome, puse una mano en sus pechos, absorbiendo su calor mientras convocaba el coraje para decir lo que había sabido por días ahora...quizás desde el primer momento en que los vi en la puerta en Minneapolis.

"Los amo", dije, maravillándome ante el cambio instantáneo en ellos.

Sus ojos se pusieron oscuros y encapuchados, llenos con tal intensidad que era casi insoportable. Nunca me imaginé que podía ser amada por un hombre, mucho menos dos.

"Yo también te amo, cariño", dijo Jackson, agachándose para besarme el hombro.

"Te amo. Eres todo para nosotros", dijo Dash, acariciando mi mejilla. "Quizás debimos decírtelo antes. Pero pedirte que te quedaras, que estuvieras con nosotros, no era lo que necesitabas escuchar".

Sentí sus corazones latiendo debajo de mis manos. "Creo que tienes razón. Es todo lo que importa. Ustedes lo son todo para mí también. Quiero decir...quiero que lo sean". Oh demonios, estaba haciendo un desastre de esto.

"¿De qué estás hablando, muñeca?", preguntó Dash.

"Estoy diciendo..." Respiré profundo, calmando mis nervios. "No estoy regresando con ustedes solo por un período temporal hasta mi próxima tarea".

El aire se calentó y se puso pesado entre los tres mientras esperaban que yo continuara. Me tragué lo último de mis nervios. "Quiero decir, puede que tome un viaje ocasional. Ya saben, si realmente es una muy buena tarea que no pueda rechazar o—"

Jackson tomó mi mano e interrumpió mi tartamudeo besando mi mano. "¿Qué quieres?"

"Quiero estar con ustedes chicos", suspiré. "A largo plazo".

Sus sonrisas fueron sexys y dulces a la vez. "¿Sí?", preguntó Dash, sus ojos oscuros brillantes.

Asentí. "Sí".

"¿Estás segura?", preguntó Jackson.

"Nunca había estado más segura sobre nada". Les conté brevemente lo que había decidido sobre la revista de viaje de Montana que asomó Rachel. "Sería una aventura para mí", dije. Encogiéndome de hombros, añadí: "Puede que no sea el mismo tipo de aventura a la que estoy acostumbrada pero este—" Nos señalé a los tres. "—este es nuevo y emocionante y jodidamente aterrador".

Me sonrieron. "Maldición sí, lo es", dijo Jackson.

Les sonreí a ellos. "Entonces, ¿lo ven? Seguiré teniendo aventuras, solo que de un tipo diferente". Me acerqué para acariciar sus rostros, maravillándome con el hecho de que estos hombres eran míos. Que yo era suya. "Con ustedes".

15

 VERY

Dash se acercó y me besó. Suave y gentil.

Jackson tomó su turno después.

Sentí ambos besos directo hasta mis pies.

"Ustedes podrían tener que soportarme. Todo esto es nuevo para mí, el amor y la confianza y ser parte de una familia..." Me detuve con un encogimiento de hombros. "Pero si hay alguien que me puede mostrar cómo se hace, son ustedes dos".

"Muñeca, estaremos contigo en cada paso del camino", dijo Dash. Su voz se bajó a ese tono insoportablemente sexy que me ponía húmeda cada vez que lo escuchaba. Él debe haber capturado lo forma en que mi respiración se enganchó porque sus manos se movieron hacia abajo, tocando la pretina de mis pantalones y después bajando más.

Jackson sonrió mientras inclinaba su cabeza, colocando

a un lado la tela de mi camiseta para que pudiera chupar la línea de mi cuello. "Nuestro vuelo no se va hasta la mañana. ¿Tienes alguna idea sobre cómo podemos pasar el tiempo?"

Sonreí. "Tengo unas pocas".

"¿Necesitamos esposas para evitar que te vayas otra vez?"

"No esta vez".

"Buena chica", dijo Dash, levantándome y lanzándome a la cama. "Dijimos que te tomaríamos juntos uno de estos días. Creo que es hora, ¿no crees?"

Me levanté en mis codos, miré de Dash el cual se sentó en la orilla al lado de Jackson el cual tenía sus brazos cruzados, cerniéndose. Tenían puesta la misma ropa de esta mañana cuando fueron a la casa de Tía Louise, menos los accesorios de veterinarios.

La idea de ellos follándome a la vez me hizo retorcerme. Habíamos hablado sobre eso. No, ellos susurraron promesas oscuras en mi oído mientras me follaban, pero a pesar de que habían puesto los dos tamaños de tapones en mi trasero, no lo habían hecho. Jackson había tomado mi trasero una vez, pero yo chupaba el pene de Dash. No los había tenido a los dos, uno en mi vagina, uno en mi trasero.

Estaba contenta de que no lo habían hecho. El acto en sí mismo era intenso y algo que quería compartir con ellos ahora que sabía que me iba a quedarme.

"Sí", dije. "Definitivamente es hora".

"Entonces desnúdate, muñeca".

Salté de la cama y me saqué la ropa rápidamente. Este no era el momento para un estriptís. Los chicos no lo creían tampoco porque se estaban quitando sus propios artículos al mismo tiempo. Alrededor de segundos, había una gran pila en el suelo y estábamos desnudos. Ambos penes estaban duros y señalando directo hacia mí.

Miré entre ellos, no segura de hacia quien saltar

primero. Pero cuando Jackson torció su dedo y sonrió, la decisión estaba tomada.

Fui hacia él y curvó su mano detrás de mi nuca, haló mi cabello para que mi barbilla se levantara y me besó. Mi jadeo fue tragado mientras su lengua encontraba la mía. Me reclamaba.

Dash se movió detrás de mí y sentí el calor de su pecho contra mi espalda, sus manos deslizándose por todos mis brazos. Sus labios bajaron por mi columna hasta que lo escuché arrodillarse.

Amasó y besó mi trasero, lo pellizcó con sus dientes.

"Amo este trasero", murmuró él, dándome un pequeño azote.

Sentí la sonrisa de Jackson contra mi boca cuando jadeé.

"Mierda".

Escuché el juramento murmurado de Dash y Jackson levantó la cabeza. Miré a Dash por encima de mi hombro, el cual estaba jodidamente sexy sobre sus rodillas.

"No tenemos nada de lubricante y de ninguna manera te tomaremos sin eso".

Quería hacer un puchero porque cada vez que ellos ponían el tapón adentro, me gustaba. Cuando Jackson folló mi trasero, lo amé. Pero el lubricante era una necesidad. Tenía una idea de lo que iba a ser estar con los dos bien profundo dentro de mí. Quería sentir a cada uno de ellos llenándome cada uno de esos agujeros. Estirándome y conectándonos juntos.

"Yo tengo un poco", dijo Jackson.

Dash se sentó en sus cuclillas mientras Jackson se movía, iba hacia su maleta. No pude evitar mirar la vista increíble de su espalda firme y piernas musculosas.

"¿Trajiste lubricante en tu maleta?", preguntó Dash.

Sacó la pequeña botella de su bolso y se volteó, la

levantó. Sí, él tenía. "Cuando fuimos a buscar algo de ropa, lo metí adentro. No creía que tuvieran algo de lubricante en el Amazonas y tenía toda la intención de que te tomáramos juntos". Jackson comenzó su explicación mirando a Dash, pero cuando terminó, su mirada acalorada estaba directamente sobre mí.

Dash meneó su cabeza, como si lo encontrara increíble. "Pensamiento inteligente".

Agarró mis caderas, me volteó, después me puso de espaldas para que me sentara en la cama. Dash se acercó más, me puso de espaldas.

Esto sucedió rápido y solo tuve tiempo de reírme cuando levantó mis piernas por encima de sus hombros, haló mis caderas al borde del colchón. "Necesito saborearte, muñeca. Tener esa miel dulce en mi lengua. Te vendrás primero, ponerte toda suave y húmeda para nuestros penes grandes. Después te follaremos juntos".

Cuando me separó con sus pulgares y bajó su cabeza antes de que pudiera responder, solo puse mi mano en la parte posterior de su cabeza y gemí en respuesta.

Él no se detuvo, solo lamió y chupó y me folló con un dedo hasta que estaba temblando y suplicando, gimiendo y después finalmente viniéndome en todo su rostro.

Solo entonces él se levantó y yo parpadeé hacia él mientras se limpiaba su boca brillante con el dorso de su mano. "Ve si está lista", le dijo a Jackson.

"Con mucho gusto".

Colocando una mano en la cama a mi lado, Jackson se cernió sobre mí, sonriendo, mientras sus dedos encontraron mi vagina, la frotaron. Jadeé porque estaba tan sensible.

"Chorreando. Inflamada. Tan sensible". Sus palabras fueron oscuras y rústicas, su pene apuntando directo a mí.

Vi una gota de líquido pre seminal en la punta y me lamí los labios.

"Mi turno", dije. "Te quiero en mi boca".

Jackson negó con la cabeza. "Esta vez no, cariño. Más tarde. Tenemos toda la noche y me puedes chupar cada vez que quieras. Pero en este momento te vamos a reclamar".

"Eso es cierto", añadió Dash, acercándose a la cama y cuando lo miré, vi sus piernas fuertes y su pene rígido. Jackson estaba bloqueando el resto de él. "Sin cambiar tu opción. Te tomamos juntos y eres nuestra".

La mirada de Jackson combinaba con las palabras serias de Dash. Ellos me querían, pero no harían este tipo de sexo sin ningún compromiso. Parecía extraño, pero tenía sentido a la vez. No solo era doble penetración. Era confianza. Sumisión. Amor.

Lo probaba todo.

"Lo entiendo".

Jackson se levantó del colchón y se puso de pie al lado de Dash.

"Te amamos, muñeca. ¿Confías en nosotros?"

Asentí mi cabeza, mi cabello deslizándose por toda la cama.

"Sé que estás usando la píldora, pero ¿confías en nosotros cuando te decimos que estamos limpios?", preguntó Dash. "Quiero tomarte desnudo".

"Tenemos los papeles en casa, pero eso fue algo que no traje conmigo", añadió Jackson.

"Nunca antes lo he hecho sin condón", admitió Dash. "Solo contigo".

Jackson estuvo de acuerdo asintiendo. La idea de ellos tomándome sin condón, sentir el deslizamiento de sus penes dentro de mí me ponía caliente. Me llenarían con su semen. Un día, quizás sin la píldora haríamos una familia. No esta noche, no ahora, pero algún día.

La idea no era aterradora ahora.

Me senté, tomé la mano de Dash, la cual estaba más cerca. "Sí, los quiero sentir a los dos".

Se movieron entonces, Jackson lanzando las almohadas decorativas al suelo, removiendo la cobija y la sábana antes de tumbarse en el centro de la cama. Dash me abrazó y me besó.

Cuando finalmente retrocedió, acarició mi mejilla con sus dedos. Sentí la erección insistente de su pene contra mi vientre, la gota húmeda de su líquido pre seminal. Dobló su cabeza a un lado. "Súbete".

Miré a Jackson, manos metidas detrás de su cabeza, pene dirigido al techo. No pude evitar reírme mientras ponía una rodilla en la cama y me colocaba sobre él. "¿Estás seguro de que no te puedo chupar?"

Jackson movió sus brazos y puso sus manos en mis caderas. "Mujer, móntate en mi pene antes de que azote tu trasero".

Su sonrisa estaba tan en desacuerdo con su mandato oscuro.

"Sí, señor".

Gruñó ante mi respuesta y se hizo cargo, levantándome y bajándome hacia él. Estaba empalada. Hasta la empuñadura. Tomé un segundo para ajustarme, mis manos colocándose en su pecho.

"Uau", dije.

"Bien húmeda. Mierda, ajustada también", gruñó él.

Escuché el chasquido del lubricante y observé mientras Dash cubrió su pene duro completamente así que brillaba en la luz tenue de la habitación de hotel. Su mano pegajosa, lo levantó. "Móntalo, muñeca, y yo te prepararé".

Me levanté hacia arriba, bajé y mis ojos se cerraron.
"Estoy lista", suspiré.

"Todavía no, pero lo estarás".

Comencé a moverme, agachándome para besar a Jackson mientras movía mis caderas, haciendo círculos y levantándome. Bajando. Follando.

El peso de Dash hizo que la cama se moviera y lo sentí a mi lado. Una mano grande sobre mi espalda, la otra entre mis cachetes separados mientras presionaba un dedo pegajoso con lubricante hacia mí. Esparció el lubricante alrededor de mi entrada trasera, después adentro mientras jadeaba y suspiraba tras ellos. Esto era algo que había hecho antes, incluso esa primera noche en la habitación de hotel en Minneapolis, pero eso había sido un juego. Esto era preparación.

Jackson estaba tenso debajo de mí, levantando sus caderas dentro de mí, sus manos en mis muslos mientras Dash trabajaba.

Estaba respirando fuerte, la combinación de ambas atenciones era intensa.

"¿Lista?", preguntó Dash.

Jackson separó más sus piernas mientras Dash se instalaba detrás de mí.

"Bésame, cariño". Jackson me atrajo hacia abajo así que estaba tendida sobre él, mi trasero arriba en el aire, mucho más ancho que sus dedos o cualquiera de los tapones que habían usado. Jackson había hecho esto antes y sabía qué esperar, pero aun así, no era fácil, especialmente con el pene de Jackson en mi vagina. Era realmente ajustado.

"Respira, muñeca. Eso es. Buena chica. Empuja, sí, así. Déjame entrar. Oh maldición, estás tan ajustada. Solo la cabeza ahora. Bien. Respira".

Oh dios mío, estaba abarrotada. Y Dash ni siquiera

estaba en todo el camino. Suspiré, arqueé mi espalda, pero esta era la última sumisión. No me podía mover. No podía hacer nada sino sentir.

Y cuando comenzaron a moverse, deslizándose adentro y afuera en movimientos opuestos, lo dejé ir. Les di todo a ellos. A sus respiraciones entrecortadas, la sensación de sus cuerpos duros, el sudor pegajoso en su piel. El apretón de sus dedos. Las embestidas profundas de sus penes grandes y gloriosos.

Era demasiado. Mis sentidos estaban sobrecargados, mi cuerpo prácticamente haciendo cortocircuito.

Agarré los brazos de Jackson y me vine. "¡Oh! Sí. Oh dios, es...uau, no puedo—"

Era incoherente, una masa de nervios y calor y fuego y fui alimentada por mis hombres. Dos hombres.

Míos.

Y yo era suya. Completamente. Totalmente. Irrevocablemente.

Jackson se enterró profundo, gimió y sentí el desliz pegajoso de su pene desnudo hincharse, después pulsar, llenándome con su semen. Dash lo siguió inmediatamente después. "Nos estás apretando tan duro. Mierda. Tan rico".

Sentí el calor de su semen profundo dentro de mí.

Yo era un desastre sucio y sudoroso mientras me tendía en el pecho de Jackson, escuché el latido frenético de su corazón. Dash se salió cuidadosamente y siseé, un poco inflamada ahora que el placer había menguado. Su semen se chorreó de mí mientras cayó tendido al lado de Jackson en la cama.

"Cuando mis piernas funcionen, te meteremos en la ducha y te limpiaremos", dijo él.

Sonreí contra el pene de Jackson, pero se movió, saliéndose e colocándome entre ellos.

"Estoy contenta justo aquí entre ustedes. Siempre".

"Eso es cierto, muñeca. Eres nuestra ahora".

"Los amo", dije.

Se levantaron en sus codos a cada lado de mí, se cernieron y sonrieron. "Ah, Avery. Las palabras más dulces del mundo".

"Nada mejor", añadió Jackson. "Mañana te llevaremos a casa".

Negué con la cabeza y ellos fruncieron el ceño. "Puede ser una habitación de hotel de aeropuerto o una habitación de abrigos. Mi hogar es donde quiera que estén. Cuando sea que esté entre ustedes. Justo así".

¿QUIERES MÁS?

¡La serie del Rancho Steele comienza con *Estimulada*! ¡Lee el primer capítulo ahora!

CORD

"Mierda".

La palabrota se me escapó al verla. No había otra palabra para esto. Era *demasiado* hermosa y yo estaba *demasiado* jodido. Había esperado que las fotos que había visto de ella no fueran ciertas. Que su cabello no fuera una sombra roja ardiente. Que sus rizos no se fueran a enrollar en mis dedos cuando la sostuviera para besarla. Que no tuviera un rocío de pecas en su nariz. Ni senos grandes, caderas redondas o un trasero precioso.

No, con solo un vistazo a las fotos que mi investigador me había enviado ya me había puesto duro como una roca. Era perfecta. Y cuando le mostré las fotos a Riley, asintió en señal de aprobación. No hicieron falta las palabras.

Y ahora que estaba de pie frente a mí con su vestido floreado de verano, sus hombros descubiertos, excepto por dos pequeños y delgados tirantes que sostenían su atuendo, estaba total y completamente jodido.

Porque era mía. Mía y de Riley. Esta mujer, la primera hija de Steele en ser encontrada y venir a Montana, fue verdaderamente reclamada por nosotros. Solo que ella no lo sabía todavía. Y todo lo que le dije fue "mierda".

Y por supuesto, con esa única palabra, lo había arruinado. Se asustó y me miró con sorpresa y con un indicio de miedo en sus ojos. Cuando dio un paso atrás y miró alrededor del área de reclamo de equipaje en busca de una vía de escape o alguien que la ayudara, apreté la mandíbula.

Sí, conseguía eso a menudo. Yo era un gran hijo de puta, pero *nunca* la lastimaría. Había pensado en cómo sería la primera vez que nos conociéramos y no había sido como esto.

La había escaneado. La había asustado. Lo bueno es que me estaba mirando a la cara y no se dio cuenta de la forma en que mi pene estaba presionando dolorosamente contra el cierre de mis pantalones. Seguramente que *eso* la hubiese asustado porque estaba grande. Por todos lados. Esperaba con ansias el momento en que supiera lo grande que era, introduciendo cada gruesa pulgada dentro de su pequeña y caliente vagina.

No era una mujer pequeña; me llegaba a la mejilla con sus sandalias elegantes, que eran inútiles en una hacienda de Montana. Eran jodidamente sensuales y pensé en cómo se sentirían esos pequeños tacones cuando se enterraran en mi espalda mientras le subía el borde de ese vestido tan coqueto y la follaba. Sí, mi pene no iba a bajarse pronto. No hasta que me hundiera en ella. Descarté esta necesidad inmediatamente. Como si fuera posible. Esta… afición que tenía por ella nunca iba a desaparecer.

Así que la erección se mantuvo. Si viera lo que me había provocado, saldría corriendo.

Eso era lo último que quería. Quería tenerla tan cerca como fuera posible. Tan cerca que pudiera estar dentro de ella hasta los huevos.

Me aclaré la garganta, me quité el sombrero, lo recosté contra mi muslo y me cubrí con el borde. Traté de sacar mi mente de la jodida miseria. Sí, quería hacerle todo tipo de cosas sucias, desordenar ese lápiz labial —demonios, verlo cubrir la longitud de mi pene—, pero eso sería después. Ahora, tenía que evitar que corriera hacia el oficial de seguridad más cercano del aeropuerto. Tenía que ser un caballero, incluso, cuando quería ser todo menos eso.

"¿Kady Parks?", pregunté, levantando la mano en frente de mí como si me estuviese rindiendo ante ella. Quizás lo estaba, porque entre la llamada y las siguientes tres semanas anteriores, pasé de ser un soltero feliz a ser suyo. Irrevocablemente. Al verla en las fotos del investigador —ella saliendo de la escuela y hablando con otros pocos estudiantes, llevando una bolsa de comestibles a su carro, llevando una esfera de yoga y dirigiéndose al local— me había dejado fuera para todas las demás. No tenía idea de qué era lo que había en ella, pero no había vuelta atrás.

No me estaba quejando. Ni un poco. Quise establecerme con alguien por un tiempo, pero nunca había encontrado a *la indicada*. Pero desde que mi investigador jefe me envió sus fotos, mis fantasías habían sido colmadas por ella y solo ella. Ninguna otra mujer lo haría nunca más. Me dolían los testículos por pensar en agarrarla, tirarla por encima de mi hombro y llevarla a mi casa y tenerla en mi cama hasta que pudiera saciar mis ganas de ella. Mi cerebro —el cual no estaba recibiendo ningún suministro sanguíneo desde que se me había acumulado toda en el sur de mi cinturón—

estaba tratando de decirme que me calmara. Ella sería mía. Solo tenía que decir algo más que "mierda" únicamente.

"Sí", respondió. Su voz era suave, melódica y perfecta para ella. Como había imaginado que sería. Sin embargo, tenía un temblor de miedo, y por haber puesto la mirada en sus ojos y en el sonido de su voz, tenía que arreglarlo.

Le di una sonrisa pequeña, y con suerte un reconfortante: "Soy Cord Connolly".

El miedo se derritió en su rostro como la nieve en julio —se fue tan rápidamente como había venido. Reconoció mi nombre, sabía que era parte de su comité de bienvenida.

"Eres grande". Se cubrió la boca con la mano; sus ojos se ensancharon por la sorpresa. "¡Lo siento! Seguro que sabes eso", jadeó, las palabras se apagaron por sus dedos sobre sus labios. La vergüenza le tiñó las mejillas de un bonito color rosado.

Me reí entonces, me llevé la mano a la parte de atrás del cuello. "No te preocupes. Soy grande".

Dejó caer la mano, pero aún tenía que superar su mortificación ya que su mirada se movió hacia todas partes, excepto por la mía. "¿Fútbol profesional?".

Meneé la cabeza lentamente. "Universidad. Pude haber sido profesional, pero en vez de eso escogí un camino diferente".

Ladeó la cabeza a un lado; su cabello caía sobre su hombro desnudo. Estaba hipnotizado mirándolo, celoso de una hebra de cabello rebelde que frotaba su pálida piel. Tuve que preguntarme si se mantenía lejos del sol o si utilizaba protector solar.

Y eso me hizo pensar en untarle loción por todo su cuerpo. Sin dejar una sola pulgada de su cuerpo. Me aclaré la garganta. "Ejército".

"Oh, qué bien. Gracias por tu servicio".

Asentí levemente, no solían agradecerme mucho por lo que había hecho. Había sido un trabajo, uno que había hecho bien y antes de salir, empecé mi propia empresa de seguridad. Mi pasado no era tan emocionante, así que cambié el tema. "Riley Townsend también está aquí, estacionando la camioneta". Señalé con la cabeza hacia las puertas corredizas por las que había entrado. "Disculpa que hayamos venido a buscarte tarde".

Sonrió y yo ahogué un gruñido. Sus labios estaban llenos de brillo labial. Algo rojo. O ciruela. Algún color con nombre de chica. Era tan femenina, un marcado contraste para mí. Delicada. Frágil. Con doscientas cincuenta libras, yo era un neandertal en comparación a ella. No. Un cavernícola. La forma más baja de un hombre que encontró una mujer y que quería llevársela al hombro y meterla en su cueva. Para tenerla. Reclamarla. Marcarla.

"No hay problema. Mi vuelo llegó temprano".

Me aclaré la garganta otra vez, pensando en cómo quería marcarla, mi semen goteando de esos labios exuberantes o quizás llenándole el vientre o los senos. Chorreando de su vagina hacia sus muslos. O marcando su virgen trasero. Oh, sí, ese pequeño orificio todavía tenía su cereza. Con solo mirarla estaba seguro de eso. De ninguna manera alguien podría haber reclamado ese regalo todavía.

No dije nada. No podía. No tenía palabras. Ni actividad cerebral. Nos quedamos ahí de pie, mirándonos fijamente. No podía quitarle la mirada. No podía creer que fuese real. Toda melocotones y crema para la piel y aroma cítrico. Estaba aquí. Iba a ser mía. *Nuestra*. Solamente no tenía que arruinarlo.

Mierda. Esta vez, me guardé la palabra. Seguía pensando *mía, mía, mía,* como un canto. Un récord roto. Apreté los dedos en un puño para evitar llegar a acariciar su cabello sedoso, deslizando mis dedos por la línea larga de su cuello, alrededor de su delicada clavícula que se asomaba por debajo de los tirantes de su vestido.

Otros pasajeros pasaron alrededor de nosotros. Un niño cansado lloraba desde un coche en que era llevado. El mensaje automático de seguridad salió de las cornetas escondidas. Nadie sintió la electricidad que pasó entre nosotros. La forma en que el aire crepitó con necesidad. Deseo. Atracción instantánea.

Ella no era inmune. Definitivamente, estaba sorprendida. Si la forma en que sus pezones estaban presionando, como dos borradores de lápiz, contra la delgada tela de su vestido fuera alguna señal, entonces le gustaba lo que veía, quizás un poco más de lo que había esperado. Solo tenía que preguntarme si su vagina estaba impaciente por mí.

"Aquí estás".

La voz de Riley rompió el hechizo y Kady se volteó a mirar a mi amigo que se acercaba. A *su* marido que se acercaba. Sí, íbamos a ser sus esposos. No solo Riley. Los dos. Raro, sí, pero no me importaba una mierda. La reclamábamos. No era como si lo fuéramos a mencionar en ese momento, pero si la íbamos a llevar a la cama y hacerle todas las cosas que tenía pensadas —y algo más—. Finalmente, ella tendría nuestro anillo. No le faltaríamos el respeto de esa forma.

Kady observó a Riley mientras se acercaba. La cálida sonrisa que tenía en el rostro era la usual, pero como su mejor amigo, sabía que el salto en su paso era porque estaba tan ansioso como yo por conocerla. Como venía manejando y tuvo que estacionarse, yo había tenido suerte y la encontré primero.

"Kady. Estoy muy contento por conocerte finalmente,

después de todos los correos y las llamadas. Riley Townsend".

Riley se acercó y tomó su mano, la sacudió, y después no la dejó ir.

Cortésmente, ella sonrió de modo automático, pero vi cómo se encendió su mirada cuando lo tocó. Sí, estaba interesada. Jodidas "gracias". Si Riley y yo queríamos una relación que encajara para la mayoría, yo iba a estar celoso por la forma en que Kady estaba tomando cada centímetro de él. Su cabello rubio, sus ojos azules, sonrisa furtiva. Él era casi tan alto como yo, estaba esculpido como un atleta, no como un futbolista. Él no la asustaba.

No, ella ni siquiera se había dado cuenta de que él todavía estaba sosteniendo su mano.

"Ustedes dos sí que se comieron sus vegetales cuando eran niños", comentó, con un tono de humor en sus palabras y curvando la comisura de sus labios. Sus ojos brillaron.

"Sí, señorita", respondió Riley, dándole su sonrisa pícara que hacía que a las mujeres se les cayeran las bragas.

"¿Ya llegaron las otras?", preguntó, mirando alrededor.

No era inmune a los encantos de Riley, pero era una señorita como para quitarle las bragas. Incluso, aquí en el aeropuerto.

"¿Tus hermanas?", pregunté, deseando que me mirara. Lo hizo y juré que pude ver manchas de oro en sus pupilas a lo largo del verde esmeralda.

"Hermanastras", aclaró Riley, aunque yo era muy consciente de la diferencia. "Si bien hemos encontrado a cinco de ustedes, las cinco hijas de Aiden Steele que han heredado acciones iguales de su rancho y de sus bienes, solo hemos sido capaces de contactar a tres".

"Ese es mi trabajo. Contactar a las otras dos como te encontré a ti", agregué.

"Y como el abogado del Estado, soy el chico del papeleo", Riley se dio una palmada en el pecho. "El que te preparó los documentos para que los firmes".

"Todavía no puedo creer que esto esté pasando. Que estoy aquí".

Sus dedos juguetearon con la correa de su bolso. Estaba nerviosa, aunque lo manejaba bien. No por nosotros, sino porque había descubierto que tenía un padre a quien nunca había conocido, que falleció y le dejó una gran herencia y cuatro medias hermanas. Yo también estaría un poco asustado.

"Tuve suerte. Estoy de vacaciones de verano de la escuela y pude venir".

"Suerte para nosotros", comentó Riley, fijando su mirada en cada centímetro de ella. Se sonrojó otra vez y observé cómo el color se deslizaba por su cuello y por debajo de la línea del cuello de su vestido. ¿Qué tan lejos habría ido?

Fue entonces cuando se acordó de su mano y la retiró de la mano de Riley.

Fruncí el ceño. Sí, estaba celoso de él porque había conseguido tocarla. Apuesto a que su piel era suave. Sin cayos en la palma de su mano. Su mano también era muy pequeña. Era tan jodidamente...frágil.

"No puedo creer que tenga medias hermanas de las que nunca supe. ¿Ningún medio hermano?".

Riley meneó la cabeza. "Ninguno que hayamos encontrado como Steele" –Riley se aclaró la garganta—, "nos movimos".

Aiden Steele había sido un mujeriego. Nunca se casó, había vivido una vida de soltero. Una salvaje vida de soltero. De seguro que yo no era un monje, pero al menos usaba un maldito condón, cada maldita vez, en vez de tener una sucesión de mujeres embarazadas por todo el país. Él se había acostado con ellas y las había dejado. A cada una de ellas.

Kady se sonrojó otra vez. Sabía por su expediente —por la información que mi equipo había recolectado de ella— que tenía veintiséis años. No era una virgen santurrona, pero era una maestra de escuela. Segundo grado. No se acostaba con cualquiera. Tuvo dos relaciones amorosas largas que fuimos capaces de encontrar. No era una fiestera salvaje. No fumaba, no consumía drogas. Era inocente, distinta de lo más bajo de la sociedad, que yo conocía muy bien. Mis manos estaban manchadas con eso. Con las crueldades del mundo. Al ver su sonrisa, su naturaleza suave, supe que ninguno de esos la había tocado alguna vez. Era nuestro trabajo asegurarnos de que permaneciera así.

Pero su padre...

"No nos quedemos aquí", dijo Riley, cortando mis pensamientos. "Has tenido un largo viaje y estoy seguro de que estás cansada. ¿Estas son tus maletas?", preguntó Riley, caminando hacia las dos maletas grandes que estaban al lado de ella. Cuando confirmó que eran suyas, él levantó las manijas y nos guio hacia afuera del área de equipaje, arrastrando las dos detrás de él.

"Aquí. Déjame llevar la otra", dije, acercándome para agarrar el equipaje de mano que llevaba en los hombros. Estaba pesado; era fácil para mí, pero había sido una carga fuerte para ella. Seguimos a Riley pasando por las puertas corredizas hacia afuera, donde estaba el sol brillante.

"¿Ya habías venido a Montana?", pregunté, caminando por la acera junto a ella y hacia el estacionamiento. Cuando parecía que una Van del hotel no iba a bajar la velocidad, me detuve y le di una mirada al conductor mientras empujaba con mi mano a Kady desde su pequeña espalda. *Bien hecho, cabrón. Estoy cuidándola a ella ahora.*

"No. Es la primera vez. De hecho, nunca había estado en el Oeste. Filadelfia está lejos de aquí". Miró a las montañas en la distancia. "De verdad que es la ciudad del Cielo Grande".

El aeropuerto Bozeman estaba ubicado en un valle; las Montañas Bridger estaban al norte; las otras cordilleras pequeñas estaban más lejos, pero ofrecían una vista espectacular, especialmente para alguien que nunca antes había visto algo parecido.

Riley había bajado la puerta trasera de su camión y yo llevaba las maletas mientras caminábamos. Le abrí la puerta del pasajero.

"Yo he estado en Pensilvania. Hay muchísimos arboles", comenté.

"Sí, hay muchos árboles". Miró el asiento y después a mí. Se rio. "¿Cómo me subo hasta ahí?".

Para mí estaba bien la cabina de la camioneta de Riley. Solo tenía que poner un pie en el estribo y ya estaba adentro. Pero para Kady, delgada, con su vestido bonito y con tacones, la doble cabina estaba lejos. Especialmente con lo alta que la había puesto Riley. Puse mis manos en su cadera —jodidamente pequeña; las yemas de mis dedos tocaron su columna— y la levanté hasta el asiento. Prácticamente, no pesaba nada, estaba cálida y suave a través de su delgado vestido.

Su jadeo de sorpresa hacía que se elevara su pecho y el aumento suave de sus senos por encima del escote en V de su vestido captó mi atención. Lentamente miré su rostro y me di cuenta de que había sido descubierto. Entre el tono rosado de sus mejillas y la forma en que sus ojos se oscurecieron, no parecía importarle.

Mi mirada se detuvo en sus labios que estaban un poco separados, como si estuviera respirando por la boca. Jadeante. Todo lo que debía hacer era inclinarme unas cuantas pulgadas y estaríamos besándonos. Lo deseaba más que mi próxima respiración. Ella lo deseaba. No se estaba moviendo, no se estaba alejando de mí. Pero cuando Riley abrió la puerta del conductor y se subió al auto, el hechizo se había roto. De nuevo.

Maldición. No se suponía que fuera a ser un aguafiestas.

Sacudido por mis pensamientos de cómo sabría ella, agarré el cinturón de seguridad, lo estiré sobre su cuerpo y lo puse en su lugar.

Di un paso atrás y cerré la puerta.

A pesar de que la camioneta de Riley era grande, por tener una segunda cabina completa, con suficiente espacio como para un equipo de leñadores o un chico de seguridad exmilitar del tamaño de un tanque Sherman, siempre me había negado a sentarme ahí. Hasta ahora. Ahora, quería poder ver a Kady mientras íbamos camino al rancho tanto como quisiera. Podía estudiar su perfil, ver las expresiones de su rostro, la forma en que sus senos se movían por las pendientes o huecos en el camino.

"¿A dónde nos dirigimos?", preguntó cuando Riley salió del estacionamiento y se subió a la autopista hacia el oeste.

"Al Rancho Steele. Tu nuevo hogar".

No por mucho. Si fuera por nosotros, en vez de eso estaría en nuestras camas, en nuestra casa. Probablemente, había heredado un pedazo considerable de la historia de Montana, pero aun así sería nuestra.

¡RECIBE UN LIBRO GRATIS!

Únete a mi lista de correo electrónico para ser el primero en saber de las nuevas publicaciones, libros gratis, precios especiales y otros premios de la autora.

http://vanessavaleauthor.com/v/ed

ACERCA DE LA AUTORA

Vanessa Vale es la autora más cotizada de *USA Today*, con más de 50 libros y novelas románticas sensuales, incluyendo su popular serie romántica "Bridgewater" y otros romances que involucran chicos malos sin remordimientos, que no solo se enamoran, sino que lo hacen profundamente. Cuando no escribe, Vanessa saborea las locuras de criar dos niños y averiguando cuántos almuerzos se pueden preparar en una olla a presión. A pesar de no ser muy buena con las redes sociales como lo es con sus hijos, adora interactuar con sus lectores.

Facebook: https://www.facebook.com/vanessavaleauthor
Instagram: https://www.instagram.com/vanessa_vale_author

www.ingramcontent.com/pod-product-compliance
Lightning Source LLC
LaVergne TN
LVHW012102070526
838200LV00074BA/4023